徳間文庫

最後の封印

今野　敏

JN066773

徳間書店

幸いにして、ほかにも奇異な人びとが、非凡なものに恵まれた失敗者が、
今、われわれのまわりにはいる。

ライアル・ワトソン『アースワークス』

1

シド・アキヤマは、ブナの大木の陰に身を隠し、肩で荒い息をついていた。

気温が低いにもかかわらず、額から頰《ほお》にかけて、汗が流れ落ちる。

そこは、右手に槍《やり》ケ岳《たけ》を、そして、左手に穂高岳《ほたかだけ》を望む、山の中腹だった。

飛驒《ひだ》山系は美しく紅葉していたが、そういった風景は、シド・アキヤマには無縁のものだった。

彼は、登山ルートを大きくそれ、険しい山林に深く分け入っていた。

その鋭い視線は、周囲の腰の高さまであるクマザサやシダ類の下生え、そして木立ちにからまる灌木《かんぼく》の小枝などに注がれている。

彼は厳しい環境のなかで行動することに慣れていた。

さらに、そういう場所での戦いに、絶対の自信を持っていた。

彼は、かつて、きわめて優秀な傭兵《ようへい》だった。

中米のエルサルバドル、インドシナ半島、スリランカ、アフリカのウガンダ、ナイジェリア、ジンバブエなど、世界の主だった紛争地帯で戦闘を経験していた。

百七十五センチ、七十キロの見事にバランスのとれた体格も、訓練だけでなく、実戦を通じて鍛《きた》え上げたものだった。

スポーツ選手のように、特定の筋肉だけが異常に発達した体ではなく、柔軟な筋肉のうえに、薄く脂肪の層が貼《は》り付いている。

それは、タフな戦士の体格だった。

シド・アキヤマは日系人だったが、その国籍を知る者はいなかった。年齢は三十代の半《なか》ばだが、それを正確に知る者もいない。

彼は今、きわめて珍しいことだが、得意のゲリラ戦で苦戦を強いられていた。

とっくに敵の眼をくらましていなければならなかった。

山林のなかで、自分を尾行しきれる者などいるはずがない——彼は、そう信じていた。

しかし、何者かが、ずっと彼のあとを追い続けていた。

ブナの幹の陰で、彼は動きを止め、呼吸を整えようとした。

吐《は》く息がかすかに白かった。

彼は、近くにひそむ敵にそれを見られまいと、両手で口を包むように覆《おお》っていた。

汗は止まらなかった。

鍛えられた彼の眼は、かすかな下生えの動きや灌木の枝のごく小さなたわみで、隠れている敵を発見できるはずだった。

しかし、この敵には通用しなかった。

突然、軽快な発砲音がした。

ブナの幹が、ぱっと破片を飛ばした。

樹の地肌がむき出しになり、生々しい匂《にお》いが鼻先でした。

シド・アキヤマは、恐慌に陥《おちい》りこそしなかったが、それでも、ひどく驚いていた。

相手の使用した火器が、自動小銃だとわかったからだった。

日本国内で、自動小銃を持つ集団となると、まず自衛隊が頭に浮かぶが、シド・アキヤマは、自衛隊を敵にした覚えなどなかった。

警察の機動隊のなかにも、ドイツ製の自動小銃で武装している小隊があるが、警察官にこれだけのゲリラ戦をやってのける能力はない。

シド・アキヤマは、そのことを熟知していた。

敵の狙撃手《そげきしゅ》は、いい腕をしていた。

二発目は、シド・アキヤマのすぐ目のまえにあった灌木の細い枝と、その枯れ葉を宙に舞い上がらせた。

さすがのシド・アキヤマもびくりと、顔をひっこめた。

狙撃手の位置はわからない。

おそらく木の上から撃っているのだろうとアキヤマは思った。

三発目が再びブナの幹を削《けず》ったとき、にわかに、頭のなかで、警戒信号が鳴った。幾多《いくた》の戦場で、彼を生きのびさせた、独特の勘が働いたのだ。

彼は、腰のベルトにつるした革のケースから、サバイバルナイフの王者といわれる、バックマスターナイフを抜いた。

バックマスターナイフは、米海軍の特殊部隊、ＳＥＡＬＳが使用しているもので、全長が三十二センチもあり、すさまじく重厚だ。

そのブレードを見ると、ナイフというよりナタのような印象を受ける。

シド・アキヤマは、敵の作戦を悟《さと》ったのだった。

単純な陽動作戦だった。

まず、樹上の狙撃手によってシド・アキヤマを釘付《くぎづ》けにしておく。同時に、彼の注意をスナイパーに引き付けておこうというのだ。

その間に、敵は、迂回《うかい》してそっとアキヤマに近づくというわけだ。

シド・アキヤマは、姿勢を低くして灌木の茂みのなかに、完全に姿を隠した。

狙撃手の攻撃を封《ふう》じるには、その味方と組み合うことだ。味方を撃ち殺す覚悟でもない限り、トリガーは引けなくなる。

アキヤマは、近づいてくる人間の気配を察知しようと五感を澄《す》ました。

左手にナラの木があり、ヤマウルシのつるがからまっている。その真っ赤な葉が、不自然に揺れた。

シド・アキヤマは、それを見逃がさなかった。

相手は、銃で武装している。先手を取られたら、それですべてが終わる。彼は、音を立てぬように細心の注意を払って移動した。

五十センチ進んでは、止まり、耳を澄ました。

時間をかけて二メートルばかり移動したとき、敵の姿が灌木の枝や下生えを透《す》かしてちらりと見えた。

案の定、見当違いの方向を目差している。アキヤマが移動したことに気づいていないのだ。

シド・アキヤマは、足もとにあった枯れ枝を敵の前方に放《ほう》った。

下生えが音をたてる。

敵は反射的にそちらにM16自動小銃を向けた。

アキヤマは一気に飛び出した。背後から、敵の腎臓《じんぞう》をナイフでひと突きにするつもりだった。

腎臓をえぐられた人間は、そのすさまじい苦痛のために、声をあげる間もなく絶命する。

敵は、シド・アキヤマの突進に気づいた。

相手は、あわてて銃をシド・アキヤマに向けようとした。その動きがスローモーションに見えた。

「遅い」

シド・アキヤマは、自信を持ってそうつぶやいていた。

彼のナイフは正確に、相手の腎臓へと伸びていった。

その切先が、敵の体にとどく直前、シド・アキヤマは、ナイフを握る右の前腕と、右の肩に焼け火箸《ひばし》を押し当てられたような、唐突《とうとつ》な熱さを感じた。

その瞬間に腕から力が抜けて、バックマスターナイフを取り落としていた。

熱さは痛みに変わった。

見ると、前腕と肩に細い刃物が突き刺さっていた。それは、外科《げか》用のメスだった。

別方向から、もうひとりの敵が迫ってきていたのだ。

彼は、メスを抜き、下生えのなかに頭から突っ込んだ。

殺されかけた敵は、そこへ、M16をフルオートで掃射《そうしゃ》した。

シド・アキヤマは、クマザサやシダ類、つる草のなかを走り抜けた。

立ち止まることは死を意味した。背負ったリュックサックのなかの装備が揺れ、硬いものが背骨に当った。バレルを抜いて二つに分解したコンパクトな自動小銃のキャリコM100だった。

敵の銃撃は止《や》んでいた。狙撃もしてこなかった。シド・アキヤマを見失ったのだ。

彼は、太いナラの木の根元でようやく足を止めた。

片膝《かたひざ》をつき、リュックサックを降ろす。ふたつに分けたキャリコM100を取り出し、バレルを差し込んでナットを締《し》めた。

細長い多角柱型のマガジンを、後部の上側に銃身と平行に取り付ける。マガジンは銃身と一体になった。このマガジンのなかには、螺旋状《らせんじょう》に百発の弾丸が詰《つ》まっている。

銃を手にしたとたん、シド・アキヤマは、感覚が数倍にも鋭くなったように感じた。

つる草の葉が、風と逆の方向に揺れた。

彼は、迷わず、自動小銃のトリガーを引いた。

フルオートで二二ロングライフル弾が飛び出した。通常のアサルトライフルやサブマシンガンだと、マガジンの残り弾数が気になるが、百連発というのは心強かった。

悲鳴が上がり、深い草のなかで、人が倒れる音がした。

シド・アキヤマは、発砲することで、狙撃手に位置を知られてしまった。

彼は、迷彩色《めいさい》の野戦服を着てこなかったことを後悔した。武装した敵に襲われることなど予想していなかったのだ。

敵は、完全に野戦用の装備を身につけている。アキヤマは、まだ狙撃手の姿を発見できずにいた。

突然、別方向から銃撃が始まった。

彼は、再び動けなくなってしまった。ただ、下生えのなかに伏せているしかない。

彼は、敵も、明らかに戦闘のプロだということを悟っていた。

彼は、撃ち始めた敵の位置におよその見当をつけた。伏せたままで、そのあたりにキャリコを掃射する。

敵の銃撃はぴたりと止んだ。

ふたり目を倒したのだ。

しかし、依然として狙撃手の存在は大きかった。

シド・アキヤマは、あせり始めていた。邪魔者《じゃまもの》は早く片付けて、やらなければならないことがあるのだ。

彼は、飛び出して発砲する位置を見極めようかと思った。きわめて危険だが、それしか方法はなさそうだった。

彼は、幹の陰から駆け出そうと身構えた。

そのとき、遠くの樹上で、くぐもった悲鳴が聞こえた。そちらに眼をやると、小枝を折りながら、木から落ちる人間が見えた。

明らかに敵のスナイパーだった。

シド・アキヤマは、何が起きたのかわからなかった。

考えられることはひとつ。誰《だれ》かがシド・アキヤマに味方したということだ。

敵の動きが止まったのを感じた。

彼らは、アキヤマがひとりだと考えて作戦を展開していた。アキヤマの側にもうひとりいることを知り、警戒の色を強めたのだ。

敵は何者なのか、そして、自分に味方したのは誰なのか、まったく謎《なぞ》だった。

しかし、先へ進むチャンスは、今しかない。

彼は、メスで刺された傷にサルファ剤をふりかけ、バンダナで縛《しば》った。

そして、銃をかつぎ、山林の奥めざして、そっと前進を始めた。


シド・アキヤマは、敵をまくことができた。

彼は、沢へ通じる獣《けものみち》道を発見した。

その道をたどって斜面を登って行くと、小さな小屋が見えた。住む者がいなくなり、そのまま放置されたようなたたずまいだった。

しかし、シド・アキヤマは、だまされなかった。

巧妙に生活の痕跡《こんせき》を消してはいるが、薪《まき》を燃やしたにおいまでは消すことはできない。

彼は銃を構えて、小屋に近づいて行った。

突然、ひとりの男が、出入口の扉を開けて現れた。

その男は、明らかに常人と違う印象があった。

まず、ひどくひ弱そうな体格をしていた。手足が長く、細い。そして、どうやら眼が不自由なようだった。

その男の広く突き出た額を見たとき、シド・アキヤマは、彼が自分の獲物《えもの》であることを確信した。

そこには、ちいさな瘤《こぶ》のような、わずかばかりの隆起《りゅうき》が見られた。

男の膚《はだ》は、浅黒かった。それが、日焼けによるものでないことをシド・アキヤマは知っていた。彼らは生まれたときから、浅黒い皮膚を持っているのだ。

その奇妙な男は、林のほうに向かって駆け出した。

シド・アキヤマはためらわず木陰から飛び出し、自動小銃をセミオートで連射した。

弾丸は、男の背と後頭部を貫《つらぬ》いた。即死だった。

シド・アキヤマは、そのまま小屋まで一気に駆けた。

入口の木戸を蹴《け》やぶる。薄暗い小屋のなかには、ふたりの女とひとりの男がいた。

三人とも、外で死んだ男と、驚くほど似かよった特徴を持っている。

シド・アキヤマは、半《なか》ば、眼をそむけるようにしてキャリコM100を掃射しまくった。

小屋のなかは、あっという間に血まみれになった。

三人は悲鳴を上げなかった。わずかに、苦痛の表情を浮かべただけで死んでいった。

撃ち終えると、シド・アキヤマは、肩で大きく息をしている自分に気づいた。

彼は、不確かな足取りで小屋の外に出た。

血を流し、地面に倒れている奇妙な男が眼に入った。

こいつは、仲間の三人を助けるため囮《おとり》になろうとしたのだとアキヤマは思った。

苦いものが口のなかにこみ上げてきた。戦場では味わったことのない気分だった。

「おみごと……」

シド・アキヤマはその声に驚き、振り向いて、銃を構えた。

その男は、英語でしゃべっていた。

百九十センチ、九十キロの巨漢で、濃い青い眼に、砂色の髪をした白人だった。上下とも真っ黒の野戦服を着ている。

「バリー……」

シド・アキヤマは眉《まゆ》をひそめ、銃を降ろした。

巨漢の名は、ジャック・〝コーガ〟・バリー。アメリカ人だった。子供のころ『ニンジャ』に魅《み》せられ、ついに日本にやってきてしまい、滋賀県の山中で、甲賀流忍法を修業したという変わり者だ。

「いっぺんに、四匹か。悪くない仕事ぶりだな」

ジャック・〝コーガ〟・バリーは言った。

「ヘイ、アキヤマ。冴《さ》えない顔してどうした」

「あんたに会ったせいじゃないのかな」

「たまげたな……。あんた、こいつらを殺したことを気に病んでるんだ……」

「知ったこっちゃないだろう」

「冗談だろう、アキヤマ。俺《おれ》たちゃ、ミュウ・ハンターだ。ミュウを狩るのが仕事だろう。ミュウってのは、もう人間じゃないんだ」

「そう……。そして、俺たちもな」

「ミュウが無抵抗なのが気に入らないんだろう。だがな、狩られる鹿《しか》はいつも無抵抗だぜ。そんなことを気にするハンターはいない。それにだ。ミュウの代わりに、俺たちに銃を向けるやつらがいる」

「ああ……。悪魔の親衛隊。やつらと戦っているときのほうが、人間の気分でいられる」

「寝言を言うなよ、アキヤマ。あんたは、もう傭兵じゃないんだ。そんなことを言ってるから、さっきみたいな目に遭うんだ」

「その点については、礼を言う」

アキヤマは、顔を上げてバリーを見つめた。「危いところを助けてもらった」

「自己嫌悪など、どこかへ放り出してしまえ。商売の話がしたいんだ。俺は、さっき、あんたを助けた。もし、俺がいなかったら、あんたはもうこの世にいないかもしれん、そうだろう」

「それで?」

「感謝の印というやつを示してもらいたいわけだ。二匹のミュウを俺がやったことにしてもらいたいというわけさ。どうだい、正当な要求だろう」

シド・アキヤマは、値踏みするようにジャック・バリーを見つめた。

「よかろう。ひとりだけ、くれてやる」

「俺は二匹と言ったんだ」

「情報と交換だ。知りたいことに答えてくれたら、もうひとりつけよう」

「何だね」

「さっき、林のなかで、俺たちが戦っていた相手——やつら、何者なんだ」

バリーは、かぶりを振った。

「あきれたね。あんたは、腕はいいが、情報にうとい。噂《うわさ》どおりだな。やつらは、さっきあんたが言った悪魔の親衛隊さ。『デビル特捜《スペシャル》』だよ」

シド・アキヤマは驚きをあらわにした。

「『デビル特捜』が、日本にもできたというのか……」

「ああ。つい最近のことだがね。もちろん、一般の国民には知らされていない。また、俺たちの仕事がやりにくくなったというわけだ。ミュウ・ハンティングがな。さ、どうだね」

「わかった。ふたりをあんたのものにするがいい」

「ふたりじゃない。二匹だ、アキヤマ。さ、『デビル特捜』の連中は、まだ山中をうろついているはずだ。早いところ、作業を済まそう」

ふたりは、死体に近づき、フォールディングナイフを取り出すと、ある種の『作業』に取りかかった。

それを終えると、シドがさっと眼を上げ、バリーの顔を見た。

「気づいたか？」

「ああ、そっちの林のなかだ、アキヤマ」

「俺が行く」

「待て。『デビル特捜』の罠《わな》かもしれん」

「いや。相手は、ひとりだ」

シド・アキヤマは、そう言うと、林のなかへ駆けて行った。

誰かが、ふたりをじっと見つめていたのだ。

シド・アキヤマが林へ分け入ると、相手は、逃げ出した。

訓練された人間ではなかった。

シド・アキヤマは、たやすく相手に追いつくことができた。飛びついて、下生えのなかで組み伏せた。

彼は、突然、困惑の表情を浮かべた。

バリーが近づいてきた。

「こいつは驚いた。美しいご婦人じゃないか。え？」

アキヤマは油断なく立ち上がると、肩にかけていた銃を、その若い女性に突きつけた。

そのとき、バリーが、さっと身を低くした。

「『デビル特捜』のお出ましだ。俺たちはここで別れたほうがいい」

「この女を放っておくわけにはいかない。仕事を見られた」

「問題ない」

バリーは、すでにその場を離れつつあった。「あんたが連れてって、始末すればいいいのさ」

彼は林のなかへ消えた。

アキヤマは女の手を取って、小屋の裏手へ回り、斜面を登り始めた。

2

迷彩のほどこされた野戦服を着た男たちが、ミュウのひそんでいた小屋のまわりに姿を現し始めた。

男たちは全部で五人いた。

彼らは、陸上自衛隊員のように見えた。

しかし、彼らを統括《とうかつ》しているのは、陸上幕僚監部《ばくりょうかんぶ》でもなければ、防衛庁でもなかった。

彼らは、組織上、厚生省に属していた。

『厚生省特別防疫《ぼうえき》部隊』――それが彼らの正式名称だった。

隊員たちは、アーマライトM16自動小銃で武装している。

彼らは慎重に小屋の周囲を偵察《ていさつ》した。

隊員のひとりが、隊長の土岐政彦《ときまさひこ》に報告した。

「遺体は、四体。われわれは、やつらを取り逃がしました」

「当然だな」

土岐政彦は、つぶやいた。「殺人現場でぐずぐずしているはずはない」

彼は、日焼けしたいかつい顔で、周囲を見回した。

百七十五センチ、七十キロのたくましい体は、陸上自衛隊で鍛え上げたものだった。

彼は、つい一カ月まえまでは、千葉県習志野市の第一空挺《くうてい》団普通科第二中隊に所属する、三等陸佐だった。

彼の言葉を聞き止めて、となりの隊員が言った。

「ま、やつらがこれを殺人と考えているかどうかは疑問だがな……」

彼は、ひどく場違いな印象を与えた。野戦服も彼にはそぐわなかった。

その隊員は、七十歳を越えていた。

東隆一《あずまりゅういち》というのだが、それは、日本に帰化してからの名前だった。

かつて、この老人は中国人だった。名前は陳隆王《ツェン・ルン・ワン》といった。

彼は、東洋医学の大家で、特に、漢方薬と鍼《はり》を併用して、人間の免疫機能を回復させる技術を得意としていた。

東隆一老人は、また、中国武術の達人でもあった。

中国の拳法《けんぽう》は、極めれば、年齢はまったく問題でなくなる。血気盛んな若者が、枯れ枝のような老人に手玉に取られることも珍しくはない。

東老人は、北派武術の羅漢拳《らかんけん》と通臂拳《つうひけん》、そして、中国武術の奥義《おうぎ》といわれる八卦掌《はっけしょう》を極めていた。

さらに、彼は、中国陸軍の将校の経験もあった。除隊したときの階級は、少将だった。

隊長の土岐政彦は、その白髪に、白い顎鬚《あごひげ》の老人の言葉にはこたえようとはしなかった。

彼は、東老人に言った。

「とにかく、現場を見るとしましょうか」

遺体をつぶさに調べている隊員は、白石達雄《しらいしたつお》という名だった。

彼は外科医の資格を持ち、メスを持たせれば、天才的な技術を発揮した。

また、彼は、まだ二十七歳という若さだが、知新《ちしん》流手裏剣術の使い手だった。

色白で細面の彼は、常に何かゲームを楽しんでいるような表情を浮かべていた。

「どうだ」

土岐政彦は、白石達雄に尋《たず》ねた。

白石は隊長のほうを見ずに、こたえた。

「見てのとおりですよ。殺されたのは、全員、ＨＩＶ－４感染第二世代です。見てください」

白石達雄は遺体の一部を指差した。

土岐政彦は、遺体に一歩近づき、見降ろした。

彼は表情を変えなかったが、うしろからのぞき込んだ東隆一が、かぶりを振った。

「ひどいもんだ……」

遺体は、すべて刃物で腹を縦に裂《さ》かれていた。「こういう、あわれな仏さんの姿は見たくないものだな」

「情けないことを言わんでくださいよ」

白石達雄は、老人の顔を見た。かすかに笑みを浮かべている。「あなたも医者でしょう。内臓なんぞ、見慣れているはずだ」

「医者と言ってもね、私の場合は、あんたら外科医のようにはらわたをいじくり回すのに慣れているわけじゃないんだ」

土岐隊長が白石達雄に尋ねた。

「ミュウ・ハンターは、なぜ殺したあとに腹を裂くんだ？」

「推測ですがね、おそらくこういうことでしょう。ミュウ・ハンターと呼ばれるテロリストは、雇い主にミュウ――つまりＨＩＶ－４感染第二世代を殺したという証拠を提示して、初めて金になるわけです。その証拠になるのは、内臓の細胞サンプルが一番なわけです。殺していなければ、内臓など切り取れませんからね。見たところ、彼らは肝臓の一部を削り取っています。肝臓は、でかくて、柔らかいですからね」

土岐政彦隊長は、冷《ひや》やかともいえる眼で、遺体を見ていたが、ゆっくりと片膝をついて、手を伸ばした。

彼は、遺体の眼を次々と閉じてやった。

そして、白石に確認した。

「彼らの血液に触れてもだいじょうぶなのだな」

「そう。彼らからＨＩＶに感染することは絶対にありません。こいつは、秘密ですがね」

立ち上がると、土岐隊長は言った。

「本部に連絡しろ。ヘリで遺体を運ぶんだ」

小屋の入口に立っていた若い隊員が、隊長の命令を復誦《ふくしょう》して、無線係のところへ駆けて行った。

「よく、訓練されている」

白石は、また、かすかに皮肉な笑いを浮かべた。「彼も、隊長が自衛隊から連れてきたのですか」

「そうだ」

「同情するな……」

「死んだ二名も、もと自衛隊員だった。私も同じ気持ちだ」

「そのうえ、僕たちがドンパチをやったあとは、すべて、自衛隊の模擬弾《もぎだん》による訓練ということになるのでしょう」

「そうだ。世間の非難を、あえて受けてくれるわけだ」

「自衛隊には、足を向けて眠れない」

「ならば、立ったまま眠ることだ。彼らはどこにでもいる」

白石は、四つの遺体を見降ろした。

「任務を全《まっと》うできませんでしたね。僕たちは、ＨＩＶ－４感染第二世代を、殺人者の手から守れなかった」

「初めての戦いだ」

土岐隊長は厳しい表情のまま言った。「だが、今後、ぶざまな戦いは許されない」

ミュウがいた小屋から、三十分ほど山を登ると、林は成熟の度合いを増してきた。背の高い杉などの針葉樹が育ち、下生えがまばらになってくるのだ。地面は雨に洗われすべすべになっている。

シド・アキヤマは杉の根元に荷を降ろした。その間も、油断なくキャリコM100の銃口を女のほうに向けていた。

彼は、人差指を向けて、そこを動くな、と無言で命じた。

女はじっとしていた。彼女はシド・アキヤマの動きを見つめている。

アキヤマは、マグネシウムをけずり、ナイフで発火材をこすり火を起こした。寄せ集めた枯れ枝に火が移り燃え始めると、アキヤマは女に言った。

「英語は話せるか」

「話せるわ」

シド・アキヤマはうなずいた。

「俺は、日本語がよく話せない。英語のほうが楽なんだ。こっちへ来るといい。火のそばへ。日が沈むと、たいへん寒くなる」

女は動かなかった。

彼女の年齢は、二十五歳から三十歳のあいだだが、どこか少女を思わせるところがあった。

アキヤマは、眼のせいだと気がついた。

切れ長で黒目がちの、実に涼しげな眼をしており、それが、きらきらと輝いて意志の強さを感じさせた。

髪は、後ろで束《たば》ねてあったが、くせのない真《ま》っ直《す》ぐな美しい髪だった。前髪は眉のあたりで切りそろえてあった。

シド・アキヤマは不思議なことに気づいた。

こういう場合は、誰でも恐怖にかられるものだ。しかし、彼女は違っていた。彼女が抱いている感情は、アキヤマにもすぐにわかった。激しい怒りと憎しみだった。

「名前は？」

アキヤマは尋ねた。

彼女はこたえない。

「名前を言うんだ」

「自分で先に名乗るのが礼儀じゃないのかしら」

「名乗ってもいい。だが、多くの人間は、俺の名前を聞いたことを後悔するのだ。俺のことを、人生のただの行きずりの人であってくれればいいと願うようになる」

「礼儀は礼儀よ。そうでしょう」

「シド・アキヤマ」

「飛田《とびた》靖子《やすこ》」

彼女は、あいかわらず憎しみの眼で見つめている。

「俺のやったことが気に食わんらしいな」

「一刻も早く地獄へ落ちるといいんだわ」

「ということは、俺が何をやったのか理解しているということだ」

「理解しているわ。ミュウ・ハンターのやることは、よく――」

「これは、おもしろいことになってきた」

シド・アキヤマは、彼女の顔をあらためて見つめた。「あんたは、この俺がミュウ・ハンターだということを知っている……」

「知っているんじゃないわ。あのとき、知ったのよ」

「あのとき？　俺が仕事をしているときか」

「仕事……」

彼女は、嫌悪感をむき出しにしてつぶやいた。

「どちらにしても、たいした違いはない。あんたは、俺のやったことを見て、俺がミユウ・ハンターだということを知ったわけだ。あそこで何をしていた？」

「別に何も……」

「いったい、あんたは、何者なんだ」

「そんなことは、あなたには関係ないはずよ。さっさと、私を殺したらどう？　ミユウを殺すみたいに」

「そうだな。だが、それは話を聞いた後でもできる。俺の見たところ、あんたは、ミユウに何かの関《かか》わりを持っているようだ。違うか」

飛田靖子は、アキヤマの顔を見つめ考えているようだった。

「どうした。ミユウ・ハンターが人並みの頭を持っているんで驚いているのか」

「そのとおりよ」

「……で？　ミユウとは、どんな関係なんだ」

「どうしてそんなことを知りたがるの？　あなたには必要ないことでしょう」

「いや、必要だ。俺は、ミユウとは本当のところ、どんなやつらで、なぜ、やつらを殺そうとする人々がいるのか、まったく知らずに仕事を続けている。ミユウ・ハンターの多くは、こう言う。ミュウは、すでに人間ではなく、悪魔のような生き物なのだ、と。それを信じてるから、ハンティングができるのだ。しかし、実を言うと、この俺は疑い始めている」

　飛田靖子の表情から憎悪の色が薄れた。代わって、彼女は、明らかな驚きを浮かべ始めた。

「ミュウに関する話は、今の俺にとっては必要なのだ」

「ミュウは、人間よ。別の生き物なんかじゃないわ」

　アキヤマは、笑った。

　靖子は、その笑顔が意外に優しいので、また驚いた。

「いいぞ」

　アキヤマは言った。「これから長い夜が始まる。ゆっくり時間をかけて話してもらおうか。さ、火のそばへ来るんだ」

　靖子は、今度は、アキヤマの言葉に従った。

　アメリカから日本に、取材にやってきたフリーのジャーナリスト、デニス・ハワードは、横浜にあるM医科大学の研究室を訪ね、ウイルスの専門家に話を聞こうとしていた。

彼は、ミュウについて、世界中を歩いて取材をしていた。

ハワードは、この大学のキャンパスが狭いのに、少なからず驚いていた。まるで、コミュニティーカレッジだと思った。

伝染病のウイルスの研究で、世界的にもかなりの評価を受けた研究室のある大学とは、とても信じられなかった。

彼は、小倉《おぐら》という名の教授の部屋で待たされていた。部屋の調度はどれも安物だった。

山積みにされた書物が、いまにも崩れてきそうな気がした。

デニス・ハワードはソファから立ち上がり、窓に歩み寄った。

立ち上がるとき、思わず重々しいうなり声を上げていた。四十歳を過ぎて、太り過ぎてきたことを気にし始めていた。

若いころの引き締まった体格こそ失われつつあるものの、彼の知性と洞察力には、ますます磨きがかかっていた。

窓の外を見つめる茶色の眼には、理性と英知を信じる者の奥深い力強さが感じられた。

ドアが開き、デニス・ハワードは振り返った。

「お待たせいたしました」

戸口に現れたのは、六十歳近い、精力的な感じのする男だった。彼は白衣を着ていた。

「小倉幹彦《みきひこ》です」

白衣の男は名乗った。「申し訳ないが、握手は勘弁していただきます。お互いのためにね」

「わかります」

デニス・ハワードはほほえんだ。「あなたは、細菌やウイルスの研究をなさっている。神経質になるのも当然です」

彼は、見事な日本語を披露《ひろう》した。

小倉幹彦は、デニス・ハワードにソファをすすめ、自分は、机の椅子《いす》に腰かけた。

「日本語がたいへんおじょうずですね」

「かつて、私は、ある通信社の記者をしておりました。そのときに、五年ほど日本に滞在していたことがあるのです。さらに、私は、帰国してからも懸命に日本語を勉強しました。現在の国際情勢は、日本を抜きにしては語れませんからね。われわれ、ジャーナリストは、そのことを痛感しております」

「なるほど」

小倉は、おだやかにうなずいた。「それで、この私に、お訊《き》きになりたいことというのは？」

人のよさそうな顔をしたデニス・ハワードは、きわめてさりげなく言った。

「ＨＩＶ－４についてです」

「医学にたずさわる者ならば、誰でも興味を持つ問題ですな」

「ＨＩＶというのは、かつて人類を滅ぼすといわれていた後天性免疫不全症のウイルスの総称ですね」

「そのとおりです。ずいぶんまえのことになりますが、国立遺伝学研究所のスタッフが、ＨＩＶの系統樹を作ったことがあります」

デニス・ハワードはうなずいた。

「約四百年まえに、ＨＩＶは、牛の伝染性貧血症ウイルスから枝分かれしたのだ、というものでしたね。さらに、二百年ほどまえに、ＨＩＶ－１とＨＩＶ－２のグループに分かれたことをつきとめた……」

「そう。そして、さらに、ＨＩＶ－１から、中央アフリカのウイルスが分かれ、その後、ハイチ、サンフランシスコ、フランス、ニューヨークの順で分岐《ぶんき》が進んだ。この枝分かれは、すべて、ここ五十年くらいの間に起こったことだというのが定説になっています。たったの五十年です。

一方、HIV－2のほうは、百年ほどまえに、猿のウイルスから分かれたと言われています。HIV－2は、セネガルで発見されました。さらに、ごく最近、HIV－2のグループのなかで、アフリカミドリザルのウイルスが、HTLV－4というウイルスと枝分かれしたことが確認されています。HTLV－4というのは、成人T細胞白血病の原因となるウイルス、HTLV－1の仲間です」

「おなじウイルスのグループでも、病気を起こさせるものと、そうでないものがあると聞いていますが……」

「そのとおりです。猿のウイルスには、病原性のないものがあるのです。また、HIV－1とHIV－2が分かれたのは、アフリカでのできごとだということがつきとめられていますが、そのふたつが分かれた約二百年まえに、後天性免疫不全症の大流行が、アフリカであったかというと、そういう記録はない。初めからウイルスに病原性があったとすれば、当然、病気の大流行があったはずなのです。そのため、私たちは、それぞれの系統に分かれたウイルスが、ごく短い期間のうちに、独自に病原性を獲得していったのだと考えています」

「そして、ＨＩＶ－３とＨＩＶ－４……」

「そうです。最近になって、このウイルスたちは、また系統樹の枝を増やしたのです。まず、ＨＩＶ－３は明らかに人間に感染するのですが、突如として病原性を持たなくなったわけです。そして、ＨＩＶ－４は、伝染性がきわめて弱くなった。ＨＩＶ－４は、もはや伝染病のウイルスとは言えなくなったわけです」

「しかし、それに代わってもっとおそろしい特徴を手に入れたというわけですね」

「おそろしい……？　非常に漠然《ばくぜん》とした言いかたですな。少なくとも、科学的とはいえない」

「そうですね。ジャーナリスティックとも言えません。しかし、私には、そうとしか言いようがないのです。なぜなら、どこへ行っても、ＨＩＶ－４に関する正確な情報を得られないからなのですよ」

「そんなことはないはずだ。ＨＩＶ－１からＨＩＶ－２までのウイルスは、ヒトのヘルパーＴ細胞に取り付いて増殖し、その働きを止めてしまうのです。ヘルパーＴ細胞というのは、言ってみれば、免疫機構の司令部みたいな働きをしているのです。その働きがストップするから、すべての免疫は失われて、人は死に至るというわけです。

ところが、ＨＩＶ－３は、ヘルパーＴ細胞内に侵入しても、まったく活動をしないわけです。それで、発病性がなくなったわけですよ」

「かつて、エイズウイルスの祖先が、ミドリザルのリンパ球のなかでおとなしくしていたように……？」

「そうです。そうした意味で、ウイルスが、本来の姿にもどったのだ、という見かたもできるわけです。……で、お話のＨＩＶ－４ですが、ウイルスとしては、ＨＩＶ－３よりさらに、不活性なものになったのです。つまり、感染力がさらに弱まったのですな。これくらいのことは、どの医学雑誌にも載っていますし、普通の新聞にも発表されたことです」

「それで、ＨＩＶ－４の最大の特徴は？」

「今、説明したこと以外には、これといった特徴などありませんよ」

デニス・ハワードは、にっこりと笑った。

「ほらね。すぐに、そうやって、肝心なところになると、ごまかそうとするのです」

「別に私はごまかそうなどとは思ってませんよ」

「ミュウという言葉をご存じですか」

「もちろん、知っています。しかし、お門違いですな」

小倉は、わずかに憤慨して見せた。

デニス・ハワードは、ここらが潮時だと判断した。小倉教授には、今後も世話になるかもしれないのだ。

彼は、立ち上がった。

「お忙しいところを、お邪魔して申し訳ありませんでした」

彼は、出口へ向かったが、一言付け加えるのを忘れなかった。「また、うかがいます」

小倉幹彦は、曖昧《あいまい》にうなずいた。

デニス・ハワードは、部屋の外に出ると、廊下に人気がないのを確かめ、ドアにそっと耳を当てた。

小倉が電話をかけているのがわかった。

「感染対策室の、敷島さんを……」

そのとき、向かい側のドアから、ノブを回す音が聞こえた。

デニス・ハワードは、さっと小倉教授の部屋のドアから離れ、歩き出した。

「感染対策室のシキシマ」

ハワードは、つぶやき、その名を頭に刻み込んでいた。

3

飛田靖子は、焚《た》き火を見つめていた。

ふたりの顔は、揺れる炎に照らされている。彼女の瞳《ひとみ》のなかでも炎が揺れていた。

ふたりは長いこと黙っていた。

アキヤマは湯を沸かして、野戦食《レーション》をふたり分作ったが、飛田靖子は、ほとんど手をつけなかった。

「あんたはさっき、興味深いことを言った。ミュウも人間だ、と」

飛田靖子は、アキヤマを睨《にら》んだ。

「当然よ。りっぱな人間だわ、あなたは、無抵抗の人間を殺戮《さつりく》することでお金をもらっている。この世で最も恥ずべき人間だわ」

「同感だな。だが、世の中には、ひどいことがいっぱいあるもんだ。十五にもならない子供が政府軍と戦うために銃を持つ――そんな土地がある。そして、銃弾で顔をザクロのようにして死んでいくんだ」

「あなたは殺した側なんでしょう。だから、今、生きている……」

「いいや。俺の幼なじみの多くが死んでいった。俺が生き延びたのは、神が意地悪だからだ。なかなか苦難から解放してくれない」

「あなたがつらい生きかたをしてきたからって、あなたがミュウにしてきたことが許されるわけじゃないわ」

「それも心得ている。だから、知りたいんだ。ミュウのことを。そして、あんたのことを」

「いいわ」

飛田靖子はきっぱりと言った。「話してあげるわ。そして、あなたが殺してきたミュウが、私たちと同じ人間だったということをよく理解して、良心の呵責《かしゃく》に苦しむといいわ」

「良心ね」

シド・アキヤマは笑った。

「私は、ある大学で遺伝子工学を研究していたわ」

「ほう……」

アキヤマは、心から驚いたという顔をした。

「それでは、ドクターというわけか……」

「そう。ある特別なウイルスが、生体内で、遺伝子工学的な働きをすることがあるのよ。それについての論文で学位を取ったわ」

「それで、そのドクターが、どうして、こんな山のなかにいたんだ。論文を書くのなら図書館のほうが向いていると思うが……」

「すべて、ミュウのためよ」

「ミュウのため……？」

「ミュウというのは、HIV－4というウイルスに感染した人から生まれた子供たちのことをいうのよ。HIV－4というのは、後天性免疫不全症のウイルスの一種よ」

「知ってるさ、それくらいのことは、俺の仕事の範疇《はんちゅう》だ」

アキヤマはうなずいた。「HIV－4感染者から生まれた子供は、おそろしい力を持っているという噂《うわさ》だ。ミュウ・ハンターたちはみんなそのことを知っている。俺の同業者のなかには、悪魔が人間の腹を借りて生まれ始めたと固く信じているやつがたくさんいる」

「あなたもそうなの」

「いいや。だが、各国の政府の言うことも信じていない。HIV－4感染者から生まれた多くの子供は、形質異常の持ち主で、社会への適応力を欠いている。免疫力がきわめて弱く、また、ウイルス保持者でもある――それが、世界の公式な機関の発表だ。各国政府は、その考えに基づき、ミュウを医療施設に隔離している。そうだろう」

「そう。でも、どちらの言い分も嘘《うそ》っぱちよ。ミュウは、おそろしい力など持ってやしないわ。ただ、知覚が私たちとちょっと違っているだけなのよ。そして、私は医者でも病理学者でもないけれど、遺伝子を研究する者として断言できるわ。HIV－4感染第二世代は、すでに伝染病患者じゃないし、社会生活が営めないほど弱い体質でもないわ」

「じゃあ、どうして実際に隔離されているのだ」

「想像はつくけど、正確にはわからないわ」

「けっこう。この世は、たいていのことがそうだ」

「つまり、政府の公的機関も、あなたたちを雇う人間も、ミュウに対して、同じような感情を抱いているのだと思うわ。つまり、恐れよ」

シド・アキヤマは、じっと靖子の顔を見つめていた。

「それも、理由がないことではないと思うが……？」

「私に言わせれば、無意味だわ。人々は、もっと実際にミュウたちと関わって、彼らのことを知らなければならない」

「あんたはそうしたのか？」

「私は、大学の研究室で、いろいろな秘密と接したわ」

「つまり、研究所を飛び出して、山のなかでこっそり、ミュウに会いたくなるような、という意味かね」

飛田靖子は、一瞬、体を固くしたが、やがて、うなずいた。

「そのとおりよ。私は山口大学の医学部で学生時代を過ごしたわ。そこで、ＨＩＶ感染者の治療薬の研究グループに加わったわ。そうしているうちにＨＩＶ感染者の治療より、ＨＩＶ－４感染者に興味を持つようになったのよ。担当教授に相談したら、横浜のある医科大学の研究室を紹介してもらったというわけ……」

「そして、そこを辞めた……」

「そこの担当教授が、政府と取り引きをしているのを知ってしまったのよ」

「取り引き……？　どんな？」

「大学の付属病院であつかっているＨＩＶ－４感染者と、ミュウの情報を政府に提供しているのよ」

「過大なセンチメンタリズム」

アキヤマは言った。「研究室に絶望するほどのこととは思えんが……」

「それだけならね……。その教授は、自分でミュウの研究をするだけでなく、政府を通じて、ほかの研究機関から要請があった場合、そこにミュウを提供していたのよ。まるで、モルモットか何かのように……」

「治療ではなく、実験のために……？」

「さっきも言ったわ。ミュウに、臨床医学的な治療は必要ないのよ」

「わかるように説明してほしいな、ドクター」

「確かに、HIV－4の感染者は、ウイルスによって遺伝子に異常をきたすわ。それは、病気と見なすことができ、したがって治療によってそれを防ぐことも可能だし、必要だとされている。

でも、その生殖細胞によって生まれてきた子供は、もう、病気とはいえないのよ。彼らは、母子感染によって、HIV－3を保菌していることがあるわ。でも、知ってると思うけど、HIV－3は、もう発病性を持っていないのよ。そういう意味でも、ミュウに対しては、治療などいっさい必要ないのよ」

「私は、あなたに比べて頭が悪い。ひとつ質問させてくれ、ドクター」

「どうぞ」

「今、あんたは、ミュウが母子感染で、体内にHIV－3を持っている可能性があると言った。だったら、やはり治療は必要なんじゃないのかね。少なくとも、そのHIV－3が、HIV－4に変化するまえに、増殖を抑えるような……」

「そんな必要、ないわ」

「なぜ？」

飛田靖子は不思議そうな顔をした。自分の常識が通用しない相手と話しているときの表情だった。

「だって……」

彼女は、あっさりと言った。「ミュウは当然、HIV－4で変化した親の生殖細胞を、そのまま受け継いでいるのよ」

シド・アキヤマは言葉を失った。

詳しいことまでは、理解が及ばなかった。

しかし、彼は、今、確かに恐ろしい話を聞いたように思った。

厚生省は、霞《かすみ》が関一丁目にある中央合同庁舎の日比谷公園側の建物に押し込められている。

外務、大蔵、通産をはじめとする大省庁に比べると、冷遇《れいぐう》されているという印象すら受ける。

一般の人々の認識も、医療や薬事を管理している役所という程度のものでしかないはずだ。

しかし、政府の真の意思決定機関といわれる事務次官会議――それを主宰《しゅさい》する官房副長官は、ほとんどが警察庁と、そして、厚生省の出身者なのだ。

事務次官会議における席次は決まっており、そこでも厚生省は、通産省や郵政省をしのぎ、大蔵省、外務省、法務省などと肩を並べている。

これは、戦前からの伝統だった。

第二次世界大戦まで、厚生省は、内務省内にあり、警察と並んで、治安維持に一役買っていたのだった。

そして、この十数年間、厚生省は世間の注目を集めていた。

発病したら死亡率が九十五パーセントという恐ろしい伝染病が、世界各国で猛威をふるっていた。

後天性免疫不全症だ。国民は、厚生省の対処に期待し続けていたのだ。

省内の感染対策室は、不休の戦いを続けてきた。

敷島《しきしま》 瞭太郎《りょうたろう》は、感染対策室の職員だった。

四十二歳になる彼は、当然、課長か、あるいはもっと上の役職に就《つ》いてしかるべき経歴を持っていた。

彼の同期の人間の多くは、彼よりも明らかに能力が劣るにもかかわらず、管理職のポストに座っていた。

彼がおそろしく頭の切れる男であることは、誰もが認めていた。

敷島暸太郎は、いつも不気味な静けさを感じさせた。彼が管理職に就けないのは、あまりの頭のよさが災《わざわ》いしているのだ、と言う同僚もいた。

その噂は、間違いとは言えなかった。

彼は、省内の出世などにはまったく関心がなかった。敷島暸太郎は、自分の能力を試すチャンスがあれば、目のまえの利益など簡単に捨てて、それに挑《いど》む男だった。

彼にとって、人生はきわめて魅力的なゲームだった。

だから、感染対策室内に『特別防疫部隊』という正体不明の組織が作られ、その責任者に任命されたときも、彼は、いぶかるどころか、むしろ喜びを感じたくらいだった。

敷島暸太郎は、厚生省の外郭《がいかく》団体に、出向した形になっていた。

しかし、実は、彼の机は、新首相官邸内に設けられた、『内閣官房危機管理室』のなかに置かれていた。

彼には個室が与えられていた。そこで話される事柄が、外に洩《も》れないように配慮がなされているのだ。

敷島瞭太郎は、その机で『特別防疫部隊』隊長の土岐政彦が持ってきた報告書を読んでいた。

彼は顔を上げた。

「四体のミュウがやられたか……」

敷島瞭太郎は、独り言を言うようにつぶやいた。

「はい」

「手ごわいミュウ・ハンターが三人、日本に入国したという情報を入手している。そのうちのふたりのしわざと考えていいだろうな」

「確かに、戦いかたをよく心得ているやつらでした」

「ひとつだけ気になることがある」

「は……?」

「ミュウ・ハンターというのは、たいていは一匹狼《おおかみ》だと聞いている。だが、この報告書によると、君たちが追いつめたひとりを、もうひとりが助けた、とある」

「はい。その妨害がなければ、われわれは、ミュウ・ハンターのひとりを捕えていたでしょう」

「もしくは、処分していた……」

「はい」

「ミュウ・ハンター同士が手を組み始めたとしたら、ちょっと面倒なことになるな……。その点を、気にしておいてくれたまえ」

「わかりました」

「きのう、小倉幹彦教授から電話があった。何でも、HIV－4やミュウについて、なんだかんだと聞きたがっているアメリカ人のジャーナリストがいるということだ。名は、デニス・ハワード」

「潜入したミュウ・ハンターと関係があるとお考えですか」

「いや、ないだろう」

敷島は、あっさりと否定した。「一流のミュウ・ハンターが、そんな軽はずみな行動を取るとは思えない。だが、あれこれ嗅《か》ぎ回られるのも、あまりありがたくはない。この件についても追って連絡する。以上だ」

土岐は、すぐに立ち去ろうとはしなかった。

「どうしたんだね」

「ひとつ、質問してよろしいでしょうか」

「何だね？」

「ミュウです。なぜ、彼らは、同時期にいっせいに、病院や収容施設を抜け出すのですか。そして、ミュウ・ハンターと呼ばれる殺し屋たちは、なぜミュウを殺さなければならないのですか」

敷島暸太郎は、じっと土岐を見つめた。その眼からは、どんな感情も読み取れなかった。

土岐は、ひどく落ち着かなかった。

やがて、敷島は言った。

「こたえてやりたいのだが、できない。なぜなら、私も詳しくは知らされていないからだ。実を言うと、私も同じような疑問を抱き続けているのだよ」

（ならば、誰がそれを知っているのですか）

土岐は、その質問を口には出さなかった。

彼は、自衛隊式に、前傾十五度きっかりの礼をすると個室を出た。

4

『特別防疫部隊』の本部は、厚生省とはまったく無縁とも思える場所に置かれていた。

陸上自衛隊東部方面隊第一師団、第三十二普通科連隊のなか——つまり、東京の市ケ谷駐屯地《ちゅうとんち》の片隅で、彼らは、ひっそりと命令を待っているのだった。

『特別防疫部隊』の存在は、国民はおろか、政府内部でも厳しく秘匿《ひとく》されていた。

この奇妙な部隊のことを知っているのは、内閣総理大臣、厚生大臣、警察庁長官、防衛庁長官、各幕僚長、そして厚生省と内閣官房内のごく一部の人間に限られていた。

初めてミュウ・ハンターに対処するための組織が生まれたのは、アメリカでのことだった。

その組織は、純粋にＨＩＶ－４感染者や、その第二世代を守ろうとする医学者を中心とするものだった。

そこに、アメリカ政府が、何らかの目的で介入してきた。

米政府は、武装警官をその組織に配属させて、ミュウ・ハンターたちとの全面的な戦いを開始したのだった。

ミュウ・ハンター側の人間たちは、その武装警官たちを、「悪魔に味方する者」だと主張し、『デビル特捜《スペシャル》』と呼んでいた。

その後、先進国で、次々と同様の組織が生まれていった。

日本の『デビル特捜』は、土岐政彦、東隆一、白石達雄の三人だけが正式メンバーだった。彼らは、必要に応じて、それぞれが六人までの部下を動かす権限が与えられていた。

部下のほとんどは自衛隊と、警視庁警備部の機動隊——特に、品川区勝島《かつしま》の第六機動隊内に置かれている、自動小銃で武装した特殊部隊から選ばれ、出向させられていた。

彼らは、『特別防疫部隊』が、対テロ用の特殊部隊であると教え込まれていたが、それは、まったくの嘘とはいえなかった。ミュウ・ハンターは、立派なテロリストと見なすことができる。

厚生省管轄の『特別防疫部隊』を、どこに置くかについては、慎重に検討された。彼らは、自動小銃をはじめとする火器で武装しているのだ。

結局、厚生大臣が、防衛庁長官と陸上幕僚長に、非公式に協力をあおぎ、決定されたのだった。

木を隠すなら森のなか、銃を隠すなら自衛隊のなかというわけだ。

新首相官邸を出た土岐政彦は、まっすぐに陸上自衛隊市ケ谷駐屯地に戻った。『特別防疫部隊』に与えられた一室は、外堀通り側の三階にあった。

そこには、東隆一と白石達雄のふたりだけがいた。他の隊員たちは、宿舎で待機することになっていた。

窓に背を向けてすわる形で、安っぽいスチール製の机が置かれている。

その机の上には、電話がふたつ載っていた。ひとつは通常回線の電話、そしてもうひとつの、ダイヤルのない電話は、首相官邸の敷島暸太郎の机につながるホットラインだった。

そのほかには、折りたたみ式のパイプ椅子がいくつか置かれているだけで、部屋のなかはひどく殺風景だった。

土岐政彦が入っていくと、白石達雄は、たったひとつの机に腰かけ、壁のダーツゲーム用の的にメスを投げていた。

的にはすでに三本のメスがささっている。どれも中心の赤い丸のなかに突き立っていた。

東隆一は、パイプ椅子にひっそりと腰を降ろした。

「何か特別なことはありましたか」

白石達雄は土岐隊長に尋ねた。

土岐政彦は部屋を横切り、机の椅子にすわった。

白石は、机に腰を乗せたまま、体をひねり土岐のほうを向いた。

土岐隊長は、デニス・ハワードの件を説明した。

「死んだふたりの隊員の遺体は、家族に引き渡されたのかね」

東隆一が話題を変えた。

「そのはずです。彼らは、極秘の特殊任務を遂行中に殉職した、と家族には説明されているはずです」

「線香の一本も上げてやりたいものだな。今度は、私たちのうちの誰かが、ああなるかもしれない」

「気持ちはわかりますが……」

土岐政彦は、東老人と話すときは、常に丁寧な言葉を遣《つか》うのだった。年齢のせいもあるが、東老人の中国陸軍時代の少将という階級が物を言っているのだ。「残念ながら、私たちは、あまり公の場に顔を出さないように言われていますから……」

「現在、日本のなかで本気で戦争をしているのは僕たちだけなんです。その点をよく考えてくださいよ」

白石が言った。「僕たちは、失われたふたりの兵士の補充はしてもらえるのか――そういうことを気にすべきなんじゃないですか」

「部下の補充はすみやかに行なわれる」

隊長が言った。

東老人は、溜《た》め息をついた。

「白石くんの言うことはよくわかる。だが、私は、今回の戦いには、どうも割り切れないものを感じる」

土岐も白石もしばらく口を開かなかった。

沈黙のあと、土岐隊長は、打ち明けるような口調で話し始めた。

「実は、この私も同じような気分なんですよ。白石くんは、これが戦争だと言った。しかし、何のための戦いなのか、私にもよくわからないのだ。それで、きょう、敷島担当官に尋ねてみた。ミュウ・ハンターと呼ばれる連中は、なぜ、ミュウ――ＨＩＶ－４感染第二世代を殺して回らなければならないのかとね」

「それで、こたえは？」

白石が尋ねた。

「敷島担当官も、ご存じないということだ」

「そんなことだろうと思いましたよ。しかし意外でしたね。隊長が、敵の言い分に耳を貸そうとするなんて……。自衛隊員は、そんなことしないのかと思ってましたよ」

土岐政彦は、思案顔で白石の顔を見つめた。

「何ですか、睨《にら》んだってこわかありませんよ」

「別に睨んじゃいない。考えていたんだ。君は医者だ。少なくとも、私などよりはウイルスについては詳しいんじゃないかと思ってね」

「そりゃあ、もちろん病理についても勉強しましたよ。じゃなきゃ医師の免許は取れません。その点は、東さんも同じです。東さんは東洋の医学が専門ですが、内科医の免許も持っていますからね。

でも、病理を専門に勉強している連中のようにはいきません。臨床医なんてのは、いわば、場当たり的なもんでしてね。どの症状にはどの薬が効くかという例を、どれくらい覚えているかが勝負なわけです。その薬が、どうして効くかなんてことは、あまり考えないんですよ。正確に言うと、薬が効くメカニズムなんて、まだよく解明されていないのですよ。

特に、僕は、内科医ではなく、外科医ですからね。ぶっこわれた人間の一部を切り取ったり、縫《ぬ》い合わせたりというのが仕事ですから……」

「わかっている。それを承知で訊いているのだ。HIV−4をめぐる世界の動きは、私にはどう考えても異常に思えるのだが……。HIV−4は、ほかの伝染病のウイルスと比較して、どんな特徴があるのかね」

「そう……、特徴ね……。まず、第一に、レトロウイルスだということでしょう」

「レトロウイルス……？」

「そう。日本語では、逆転写酵素含有ウイルスといいます。普通のウイルスは、DNA——つまり一般に遺伝子と呼ばれている物質と、それを保護するタンパク質の外殻とでできています。ところが、レトロウイルスというのは、このDNAの代わりに、RNAという物質を持っているわけです。生命体の遺伝情報は、通常、DNAからRNAへ写し取られ、そしてタンパク質へと伝わっていくのです。ところが、もともとRNAを持っているレトロウイルスは、逆に、DNAを作り出し、遺伝情報を伝えようとするわけです。この、レトロウイルスが、普通の細胞に取り付くと、妙なことが起こります。宿主の細胞にくっついたレトロウイルスは、DNAを作り、宿主が持つDNAにくくりつけてしまうのです」

「すると、どうなるのかね」

「そのままでは、何も起きません。しかし、何かのきっかけで、宿主にくっついているウイルス製造のDNAが、RNAに情報を転写することがあります。つまり、もとのレトロウイルスを作り出してしまうわけです。このレトロウイルスが、宿主から飛び出し、狂ったように増殖を始めてしまういい例が、ウイルス性の癌《がん》なのです」

「なるほど……」

「そのほかの特徴といえば、その姿を短時間のうちにころころと変えてしまうことがあげられますね。HIVの姿が、病気発見後、なかなかつかめなかった原因は、そこにあったのです」

「レトロウイルスか……。つまり、単純に考えてHIVは、人間の遺伝子に入り込む特徴があると考えていいのかね」

「へえ……。病理の学生より、ずっと理解が早いじゃないですか」

「レトロウイルスは、自然の遺伝子工学者と呼ばれておる」

東老人が補足した。「レトロウイルスは、自家製のDNAを宿主のDNAのどこにでも自在にくっつける。このメカニズムは、遺伝子工学の手法にそっくりなんだよ。ミュウが命を狙《ねら》われる原因は、そのあたりにあるのかもしれんな。ミュウ・ハンターは、単なる雇われた殺し屋に過ぎん。問題は、ミュウ・ハンターを雇う人間たちだ」

「どういうことです？」

白石が東に尋ねた。

「やつらは、私たちのような組織を『デビル特捜』と呼んでいるのだろう。つまり、私たちが、悪魔に味方していると言っているわけだ」

「ミュウが悪魔ですって……」

白石は笑った。「あれは、ひ弱な形質異常に過ぎませんよ」

「そう。それが事実かもしれん。しかし、そういうふうには考えん連中がいても不思議はないということだよ」

「よし。この話はこれで終わりだ」

土岐政彦は、なおも思案顔で言った。「ミュウ・ハンターを雇う人間が、何を考えているかは、ここでいくら議論してもわかりはしない。それを明らかにするのは、別の者の仕事だ」

「われわれの仕事は、ミュウ・ハンターからＨＩＶ－４感染第二世代を守り、なおかつ、彼らを無事保護すること。考えるのは、別のやつに任せておけ――」

白石が言った。「そういうことですね」

土岐隊長は、無表情にうなずいた。

「そう。今のところはな」

デニス・ハワードは、世界各国の、デビル特捜とミュウ・ハンターの戦いに興味を持っていた。

この戦いは、「誰でも知っているが、ほとんどの一般人が実際には見たことがない」という、よくある類《たぐい》の出来事だった。

言ってみれば、東西のスパイ合戦と同じだと、ハワードは考えていた。

情報戦は、実際、熾烈《しれつ》だ。

しかし、一般の人々が、それを目撃することはまずない。ほとんどの人間が、そんなものとは、いっさい関わり合わずに、一生を終えるのだ。

スパイ合戦や、ある種のテロリズムは、平和な日常生活を送る人々にとっては、映画や小説のなかの出来事でしかない。

デビル特捜やミュウ・ハンターも、それと同じことだった。

一部の暴露好きな商業ジャーナリズムが、その戦いを取り上げ、人々の好奇心をくすぐった。

一般には、ミュウ・ハンティングの背景には、宗教的な要素がからんでいると考えられていた。

しかし、ハワードが興味を持つのは、それが明らかにHIV－4の秘密に関係しているからだった。

HIV－4感染第二世代は、突如として、秘密主義のベールに包まれ始めた。

それは、デニス・ハワードの祖国、アメリカでもそうだったし、ほかの国々でも同様だった。

今、ハワードが取材にやってきているこの日本でもそれは、例外ではなかった。

ハワードは、その理由が知りたかった。

横浜で、たいした成果を得られなかった彼は、東京の主だった大学のウイルス専門家に面会の予約を取り付けて、駆け回っていた。

その最中に、山口大学の医学部でHIVについてたいへん積極的な研究活動を続けているグループがあるという話を聞いた。

午後三時を少し回ったころ、デニス・ハワードは、一日のインタビューのスケジュールを終えて、赤坂アークヒルズの全日空ホテルにもどった。

鍵を差し込み、ドアを開けたとたん、彼は、さっと身構えていた。

仕事柄、何度も危険な目に遭ったことがある。

そういうときは、独特の感じがする。

今、ドアを開けたとたんに、その感覚が襲ってきたのだった。

部屋のなかは荒らされていた。何かを探し回った跡があった。

ハワードは、決して物陰やドアに背を向けないようにして、ゆっくりと部屋の奥へ進んだ。

まず、クローゼットの扉を、勢いよく開ける。誰も潜んでいないのを確認すると、今度はバスルームを調べた。

ベッドの下も見た。ベッドの下はあまりに狭くて人が入るのは不可能だった。

他に、人が隠れられる場所はない。

そこで、初めてハワードは、いまいましげに溜め息をついて、フロントに電話した。

ホテルの従業員がやってくるまでの間に、ハワードは、手早く、なくなっているものはないかを調べた。

窓際の棚のうえに置いてあった電動タイプライターから、紙が消え去っていた。

そのほかにも、メモ程度の書類がなくなっているのに気づいた。

デニス・ハワードは、腕を組み、それから人差指をゆっくりと唇に持っていった。彼が考えごとをするときの癖《くせ》だった。

ホテルのマネージャー、警備員、客室係が、開いたままのドアの外に駆けつけた。

「失礼いたします。ミスター・ハワード」

マネージャーが、流暢《りゅうちょう》な英語で静かに呼びかけた。

三人のホテル従業員は、落ち着いて見えたが、不名誉な問題に直面して、緊張しきっているのが、すぐにわかった。

「入ってくれ」

ハワードは言った。

マネージャーは、部屋のなかを一瞥《いちべつ》して、ハワードの通告が、嘘や狂言でないことを知った。

「日本のホテルは、安全だと聞いていたのだが……」

ハワードは、皮肉に聞こえないように注意して言った。

「弁解の言葉もございません」

マネージャーが頭を下げた。「このような不祥事は、当ホテル始まって以来のことでございます」

「ほう、こいつはついている。すると、この私が記念すべき第一号の被害者というわけだ」

「お望みならば、すぐに警察をお呼びいたします」

ハワードは、考えた。

「いや。その必要はない」

マネージャーは、表情にこそ出さなかったが、その言葉に安堵《あんど》したはずだ、とハワードは思った。

「それで、盗られたものはございますか」

「ああ。だが、たいしたものじゃない。ただの紙くずだ」

「別のお部屋をすぐに用意させます。どうか、そちらへお移りください」

「いや、かまわんよ。メイドをよこして、片付けてくれるだけでいい」

「いえ……。そうおっしゃらずに……。特別にスイートルームを用意いたしますので……」

「いや、本当にここでいい」

ハワードは、きっぱりと言った。

マネージャーは、それ以上は勧めなかった。

ハワードは咄嗟《とっさ》に、フロントに電話してしまったことを少しばかり後悔していた。

部屋を荒らしたのは、見たところ、プロの仕業だった。

まず、人目の絶えないホテルの部屋の鍵を壊さずにあけている。

どんな手を使ったのかはわからないが、それをやってのけるのは、至難の業なのだ。

ハワードは、そのことをよく知っていた。

そして、部屋の捜索は、徹底していた。

さらに、ホテル従業員にまったく怪しまれることなく退散している。

こんな連中が相手となると、まず、ホテルの警備では対処しようがない。警察を呼んでもあとの祭りというやつだ。

「もういい。すまなかった」

デニス・ハワードは言った。「被害は、ほとんどなかったんだ。騒ぎ立てた私が悪かった。引き取ってくれたまえ」

従業員たちは、しきりに恐縮して部屋を去った。

ハワードは、侵入者たちが、何を探していたのかを考えた。

彼は、もう一度、ゆっくりと部屋のなかを見回した。

盗まれたものから考えて、ハワードが握っている情報が狙われたのは間違いない。

ほどなく、メイドがやって来て、乱れたベッドを直し、手早く掃除をしていった。

ハワードは、その間、部屋の隅に立って待っていた。

メイドが出て行くと、彼はつぶやいた。

「残念だったな。一流のジャーナリストが、大切な情報を部屋に置き去りにしたりするものか」

彼は、三・五インチのマイクロ・フロッピーディスクをポケットから取り出した。

壁際に並べたスーツケースの間から、アタッシェケースを持ち上げる。

ベッドに腰掛け、そのアタッシェケースのふたを開けた。ふたはそのまま液晶のディスプレイになり、キーボードが姿を現した。

デニス・ハワードは、そのラップトップ型コンピューターに、マイクロ・フロッピーディスクをセットした。

彼は、きょうの収穫を打ち込み始めた。

ハワードは、ホテルの部屋を荒らされたことを、すでに気にしてはいなかった。

自分から情報を盗みたがっている人間は、いつでも、世界のどこにでもいる――彼は、そう考えていたのだ。

5

「俺は山を降りて、東京へ行かなければならない」

シド・アキヤマは、飛田靖子に言った。

「それで？　この私をどうするつもり」

「それをずっと考えていた。連れて歩くわけにはいかない」

「あなたなら平気で殺すでしょうね」

「死ぬのが恐ろしくないのか」

「恐ろしくないわけがないでしょう。でも今は、怒りと憎しみのほうがたぶん大きいわ」

アキヤマは首を横に振った。

「いや。俺はあんたを殺したりはしない」

「私は、あなたの顔を知っているのよ」

「そうだな。その点は、ちょっと問題がある。だが、大きな問題ではない。俺は、自分の仕事を知られるのがいやだったのだ。だが、あんたは、ミュウ・ハンターのことをあらかじめ知っていた。もう、今さらどうということはない」

　靖子は訳がわからなくなった。

「いったい、どういうつもり」

　シド・アキヤマは、手際よく荷をまとめた。そして、靖子に笑いかけた。

「わからないのか。俺は迷っているんだよ」

「何を？」

「何もかもをだ」

　飛田靖子は、突然、気づいた。

「ミュウ・ハンターをやめるかどうか、ということ？」

「まあ、それもある。そして、もっと根源的な悩みも生じてきた。ミュウが、本当に人類にとって害のない生き物なのかどうか……」

「それは、私が話したはずよ」

「そうかな……。俺は、恐ろしい話をひとつだけ聞いたような気がする。とにかく、俺にはまだわからない。考える時間が必要だ。そして、まだ、あんたから聞き忘れている話があるようにも思う」

「聞き忘れている話？」

「そう。たとえば、あんたがこれからどうするつもりなのか、といったようなことだ。あんたは、おそらくミュウの逃亡に手を貸しているのだろう。そういうことが政府当局に知られたら、あんたも、俺たちのように追われる立場になる。そうだろう」

「そんなことまで考えたことなんてないわ」

「だったら、今から考えるようにすることだ。とにかく、ここで、ひとまずはお別れだ」

「私から聞き忘れたことについては、どうするつもり？」

シド・アキヤマは、自信に満ちた笑顔を再び靖子に向けた。

「必要になれば、俺は、あんたがどこにいようとも探し出すことができる」

彼は、リュックサックを背負った。

「待って。お願いだから、もうミュウを殺すのはやめて。彼らも、私たちと同じ人間なのよ」

「同じ人間かどうかは、まだ疑問が残るな」

アキヤマは、靖子に背を向けて、山を下り始めた。

東京に着いたシド・アキヤマは、まっすぐに地下鉄広尾駅から歩いて十分ばかりのところにあるリース・マンションへ向かった。

そこに部屋を借りているのだ。

彼は、日本の、特に東京の不動産のありさまに、来日してすぐあきれはててしまった。

アメリカの大都市にあるような、住めるホテルは、東京にはなかった。

そこで、アパートを借りようとしたのだが、どこも、契約は二年という気の遠くなるような長さだった。

どこの国でも、週単位で貸すものと思っていたアキヤマは、まずそれを聞いて驚き、さらに、契約の際に、合計で家賃の五倍から六倍の金を取られると聞いてまた驚いた。

不動産屋に案内されて、アパートの部屋を見るにおよび、ついに、彼は契約をあきらめた。

軍隊時代の営倉《えいそう》のほうが、まだしも広く思えた。

ニューヨークの住宅事情もひどかったが、週百ドルも出せば、まともなアパートに住むことはできた。

探しに探して、彼はこのリース・マンションという意味不明の和製英語に出っくわしたのだった。

説明を聞き、それがアメリカでいう滞在型のホテルやモーテルのようなものだと知った。

そして、すぐに契約したのだった。

部屋に入って、枕《まくら》の下に自動拳銃を置いた。サブマシンガンは、フィールドストリッピングをして、掃除をし、たっぷりと油を注《さ》してから、トランクの二重底の下に収めた。

シャワーを浴びると、彼は、ベッドに横になった。久し振りのベッドだった。

彼はミュウのことを考え、飛田靖子のことを考えた。そして、眠りに落ちた。

目を覚ますと、すっかり日が暮れていた。

時計を見ると八時を過ぎていた。

熟睡したおかげで、ずいぶんと気分は軽くなっていた。ミュウ・ハンティングのことも忘れられそうな気がした。

だが、そうはいかなかった。

雇い主との連絡役に会って、細胞のサンプルを入れた小型の冷凍カプセルを渡さなければならないのだ。

会う場所は、あらかじめ決めてあった。しかし、相手がいつ現れるかはわからない。

約束の場所は、西麻布の酒場だった。

西麻布の交差点から、一本渋谷寄りの細い道を、まっすぐに南へ五分ほど歩くとその店が見えてくる。

店の名は『チューン』といった。

シド・アキヤマは、身じたくをし、カプセルの入った冷凍ボックスを持って、『チューン』へ出かけた。

冷凍ボックスは、ミユウ・ハンターなら誰でも持っているもので、化粧道具入れのような見かけをしている。

同業者だけにわかる、シンボルというわけだ。

部屋から店までは歩いて約十五分の距離だった。

街の喧騒《けんそう》がなつかしかった。

地下へ降りる階段があり、その先に真新しいドアがあった。

ドアを開けると、右手にひどく細長いカウンターが見える。カウンターは、はるか店の奥まで続いており、テーブル席は、入口からは見えなかった。

薄暗い店で、近づかないと人の顔がはっきりとわからないほどだった。

アキヤマは、カウンターの席に座《すわ》り、ドライ・シェリーを注文し、夕食のメニューを決めた。

　酒を味わっていると、ふと、独特の気配を感じた。誰かがアキヤマの肩に触れた。

　アキヤマは、さっと振り返った。

　ジャック・〝コーガ〟・バリーが、ビールのグラスを手に持って立っていた。

「となりに座っていいかね」

「礼儀正しいんだな、バリー」

　ジャック・バリーは、腰を降ろした。

「俺をつけていたのか」

　アキヤマはバリーに言った。

「うぬぼれるなよ、アキヤマ。あんた、そんなにもてやしないって」

「俺たちがここで顔を合わせているのは、偶然だと言うのか？」

「あんたと話がしたかった。あんたがここを連絡場所に使っていることは、先刻、調査済みってわけさ」

「『つなぎ』のやつが来るかもしれないんだ。遠慮してもらいたい」

「おい。素人《しろうと》みたいなことを言うなよ。『つなぎ』があんたのことを見ていたとしても、俺がいる限り、近づいては来ないさ。俺に顔を見られたくないだろうからな」

「話があると言ったな。何だ」

「まず、例の女だ。どうしたんだ」

アキヤマは考えた。

「山のなかに残して来た。何とか生き延びているだろう」

「驚いたな。始末しなかったのか」

「いろいろ考えなければならないことがあった。彼女は、大学の研究室でミュウについて研究をしていたんだ。そして、どういうわけかミュウにひどく肩入れするようになった。どうやら、彼女は、ミュウの脱出に手を貸し、逃げ出したミュウと連絡を取れる立場にあるらしい」

「つまり、彼女をつけ回していれば、そのうち、ミュウの大鉱脈を掘り当てられるということか?」

「そういうことだ」

バリーは、油断ない眼つきでアキヤマの表情を読んでいた。

アキヤマはにやりと笑って見せた。

「いいだろう。そいつは、おまえさんの問題だ。気にすべきやつらが、もっとほかにいる」

「気にすべきやつらか……」

アキヤマは、やってきた料理にナイフを入れた。「本題はそのことらしいな」

バリーはうなずいた。

「日本には、デビル特捜はない——それが、世界中の俺たちの仕事仲間の常識だった。だが、今や、そうではなくなった」

「そう。それも、へたをすると、実力はアメリカのやつらより上かもしれない。一般市民の大部分が、銃に触ったこともないというお国柄を思うと、信じられんことだが……」

「もっと信じられんことに、やつらは、警察の管轄でもなければ、自衛隊の管轄でもない」

「確かなのか」

「あんたは、実戦で最大の力を発揮する。俺は、情報収集が売り物だ」

「どこの管轄だというんだ」

「わからんのだよ。あっちこっちに、情報網を張り巡らしているんだが、何も引っかかってこない。おそらく、政府内でも、限られた連中しか知らないのだと思う」

「なぜ、それほどまでに隠す必要があるんだ？」

「日本人は、銃を持って戦うということに、異常なくらい敏感な国民だ。ミュウ・ハンター相手にどんぱちやるような組織は、国民にも、野党にも、歓迎されないのさ。それに、ミュウ・ハンターというのは、たいていが、日本人にとってみりゃ外国人なわけだ。外国人が、とりあえずは日本の国籍を持っているミュウを襲う。デビル特捜は、それを、実力で阻止する。そうなると、面倒なことになるわけだ」

「知っている。憲法九条だろう」

「そう。日本は、外国との交戦を永久に放棄しているわけだ。唯一の例外は自衛隊だ。自衛隊は、外国からの侵略行為があった場合、治安出動といって、敵に銃を向けることができる。今のところ、その権利を持っているのは自衛隊だけなのだよ。だからデビル特捜の存在は、ちょっと面倒な問題をかかえているわけだ。ま、解釈の問題だが……」

「いつの世でも、政治家はゲームを楽しむだけだ。そうじゃないか、バリー」

「アメリカなどでは、警察がデビル特捜を統括している。ミュウ・ハンティングを、犯罪と見なして、法律でさばこうとしているわけだ」

「日本でも、当然、そうできるはずだ」

「警察のまわりには、ジャーナリストがうようよしている。日本の政府は、あくまで、ミュウ・ハンター対デビル特捜の戦いを秘密にしておきたかったのだろう」

「どこの管轄だろうと、それは、日本政府の問題で、俺たちの問題じゃない。とにかく、やつら、ちゃんと戦いかたを知っている連中だった」

「俺が話したいのもそこんとこだよ」

ジャック・〝コーガ〟・バリーは、心持ち顔を近づけた。「とにかく、日本のデビル特捜と戦ったのは、あんたが初めてなんだ」

「あのときは、あんたもあそこにいて、見ていたはずだ」

「俺が高見の見物を決め込んでいたとでも言いたいのか」

「違うと言うのか」

「白状するよ。確かにあの日、俺はあんたのあとをつけていた。しかし、途中であんたを見失っちまったんだよ。銃声が聞こえて、あわててそっちのほうへ駆けつけたってわけさ」

「あんた、ニンジャだろう。見失っただって？」

「あんたが、ニンジャ以上だったということさ。とにかく、俺は、あんたとデビル特捜のやつらの戦いを見ていたわけじゃない」

「それで？　何が聞きたい」

「何でもだ。例えば、やつらの腕前だ」

「さっきから言っている。一流だ」

「統率はとれているのか」

「おそらく、軍隊並みだ。見事な陽動作戦を仕掛けてきた」

「俺が手裏剣で倒したやつは、アーマライトを持っていた」

「シュリケン？」

「投げナイフのようなものだ。ニンジャの武器だ」

「ああ。M16だった」

「すると、自衛隊といっしょだな。自衛隊は、つい二、三年まえに、国産の64式自動小銃に替えて、M16を採用した」

「あのスナイパーの腕も、ちょっとしたものだった」

「あのとき、腕にけがをしていたな。格闘でやられたのか」

「あれは、メスでやられたんだ」

「メス？　あの医者が使うメスのことか？」

「そうだ。そいつが、あんたの投げナイフのように、正確に俺の腕と肩に突き刺さった。おかげで、愛用のバックマスターナイフを失くしちまった」

「どうしてメスなんか使ったんだろう」

「さあな。俺は衛生兵にやられたのかもしれん」

「まあ、調べてみるとするか……」

「俺からもひとつ訊かせてくれ、バリー」

「何だ？」

「世界中でミュウを追ってきたが、いまだにわからない。やつらは、どうしてみんな山のなかに逃げるんだ」

「俺は知らんな。街中じゃすぐに見つかってしまうからじゃないのか。なにせ、ミュウは、政府の衛生当局と、ミュウ・ハンターの両方に追われる立場だからな」

「隠れるところなら、ほかにもたくさんある。だが、やつらは、ほぼ例外なく山に入って行くんだ」

「わからんな。俺にはそういうことはわからん」

「バリー。デビル特捜についての情報を何かつかんだら、俺にも売ってほしい」

「弱味を見せたな、アキヤマ。情報は売れない。おまえさんが、俺と組むというのなら、話は別だがね」

「そんなことなら、いっこうにかまわない」

　バリーは、心底驚いた。

「シド・アキヤマは誰とも組まない——そう思っていたがな……」

「ちょっとした宗旨《しゅうし》変えだ。簡単なことさ。俺には地の利もなければ、情報網もない。あんたは、しばらくこの日本で暮らしたことがある。組んだほうが得策だ」

　バリーは目を細めて、アキヤマを見つめていたが、やがてうなずいた。

「いいだろう。さっきの、ミュウの大鉱脈の話も捨てがたい。何なら、その女の居場所も俺がつきとめてやってもいい」

「実は、あてにしていたんだよ」

「よし、今からあんたは相棒だ。もうひとつ、おもしろい話を教えてやろう」

「たいへんなサービスぶりだな」

「日本に潜入したミュウ・ハンターは、俺たちだけじゃないんだ。もうひとり来ているらしい」

「誰だ?」

「聞いて驚くな。ギャルク・ランパだ」

「……あの、チベット人が……」

　バリーはおもしろそうに笑った。

「な、どうだ。ややっこしいことになってきただろう」

シド・アキヤマは、複雑な表情でバリーを見つめた。

「ギャルク・ランパには、以前から、興味を持っていた」

「そうだろうな。あんたは、ああいうわけのわからない手合いが好きらしい」

「彼は、チベット仏教の奥義を悟っていると言われているが、本当なのか」

「さあね。サトリなんてものは、他人が見てわかるもんじゃない。なぜ、そんなことを気にする」

「仏教の僧侶《そうりょ》が、どうしてミュウ・ハンターなんかになったのかと思ってね」

「ミュウ・ハンターといっても、あいつは、ちょっと違う。ミュウを殺さないんだ」

「知っている。ただ、デビル特捜や、ミュウを収容している施設のやつらと戦うだけなんだろう。それだと、まったく金にならない。いったい何のために、そんなことをしているのか、理解できないな」

「理解しようなんて、一度も思ったことはないな。少なくとも、あいつは、デビル特捜をやっつけてくれる。そういう意味で、敵ではない。利用する価値はある」

「そこがあんたのいいところだ。バリー。あんたは敵より味方を作りたがる」

「ま、そういうことだ」

バリーは、席を立った。彼は、『チューン』を連絡場所に使うことを確認して去って行った。

バリーの言ったとおりだった。

彼が出て行って三十分たつと、報酬の現金を持った『つなぎ』のアラブ人が近づいてきた。

この男は、ずっとアキヤマを待ち続けていたのだった。


ギャルク・ランパは、闇《やみ》のなかで、光る眼を山肌に向けていた。

彼は、日本に潜入してから、ずっと山にこもっていた。病院や収容施設を脱走したミュウが、必ず山へ逃げ込むことを知っているのだった。

ギャルク・ランパは、大自然のなかで寝起きし、移動を続けていた。

彼は、幼いころから、ラマ僧の厳しい修行に耐えることを運命づけられていた。

ラマ教では、『転生』を重んじる。死んだ者は、必ず、生まれ変わると信じられているのだ。

チベットの、精神的、政治的指導者である、歴代のダライ・ラマは、実は、ただひとりの活仏の生まれ変わりだと言われている。

したがって、ダライ・ラマを継承するのは、血縁者ではない。ダライ・ラマが、逝去《せいきょ》すると、ラマ教の高僧たちが集まり、その転生者を探すのだ。リンポチェと呼ばれる、高い霊能力を持つにいたった修行僧が、その能力のすべてを傾けて、チベット全土を訪ね歩く。生まれ変わって、発見されることをじっと待っている次代のダライ・ラマに出会うまで、その旅は続く。

ギャルク・ランパは、あるリンポチェから、たいへん高い次元の能力を持ち、多くの人々を救った高僧の生まれ変わりであることを告げられた。

それから、彼は、ラマ僧としての生活に入った。

厳しい修行を続けていた彼は、ある日、すばらしく感覚が澄み切っていくのを感じた。

前世の能力がもどってきたのだ、と彼は思った。

ランパは、そのときから、いわゆる超能力と呼ばれる類の力も発揮し始めていた。

彼は、瓶《かめ》に張った水を、念じるだけで沸騰《ふっとう》させることができた。しかし、そんな能力は副産物に過ぎなかった。大切なのは、真実に近づくことだった。

彼は、いっそう感覚を磨いた。

ギャルク・ランパは、前世の高僧の導きもあってか、ラマ教で『第三の眼』と呼ばれる最高の霊視能力に急速に近づいていった。

しかし、彼は、あるとき、突然に修行を止めてしまった。そればかりか、長年住んだ僧院をこっそりと抜け出したのだった。

その理由を知る者は、ひとりもいなかった。

そして、彼が、ミュウを追い始めた訳を理解する人間もいなかった。

6

昭和五十九年七月、当時の中曾根総理大臣は、大災害や、ハイジャック、テロ行為などの事態に、すみやかに対処するため、内閣の機能強化を検討するよう、中西特命事項担当相に要請した。

中曾根内閣は、危機管理の必要性を痛感していたのだ。

しかし、その秋の内閣改造では、危機管理問題担当相は消え去り、総理府内に置かれていた危機管理室もなくなった。

内閣官房のホワイトハウス化は、野党だけでなく、与党内でも敬遠されるのだ。

野党は、権力が首相官邸に集中しすぎると批判し、与党の重鎮は、かえって動きが取りにくくなると迷惑がった。

そして、政権が次々と代わり、当時の首相官邸が公邸となり、そのとなりに、情報収集などの新技術を駆使した新官邸が完成した。その際に、危機管理室は復活していた。

かつて、昭和六十一年に、中曾根内閣は、内閣調査室を大幅に機能強化して、内閣情報調査室を発足させた。

内閣情報調査室は、それまで内閣調査室があった総理府の六階に置かれていたが、新官邸完成と同時に、官邸内に移されていた。

同じく、新官邸内に置かれた危機管理室は、その内閣情報調査室と、きわめて密接な関係を持っていた。

危機管理室の室長黒崎高真佐《くろさきたかまさ》は、元警察官僚だった。

そのあたりの事情も、内閣情報調査室や、自衛隊の傍受組織である陸幕調査部調査二課別室と似かよっている。これらふたつの情報調査組織の歴代の室長は、多くが、警察庁からの出向官吏だった。

黒崎高真佐は、今年で五十歳になった。

身長は低く、ずんぐりとした体格をしていた。だが、その体つきについてとやかく言う者はひとりもいなかった。

まず、たいていの人間は、彼のまえへ出ると、身のすくむような思いを味わうのだった。

彼の鋭い眼光のせいだった。

その眼が物語るように黒崎高真佐は、不屈の精神力と、きわめて明晰《めいせき》な頭脳の持ち主だった。

彼は、自分の個室で、机の上で山積みになっている報告書の束に、次々と眼を通していった。

危機管理室には、二十名ほどのスタッフがいるが、その数や顔触れは臨機応変だった。

すべての書類を、未決と既決の箱に入れ終えると、一休みもせずに、インターホンのボタンを押した。

「厚生省の敷島くんを呼んでくれ」

一分とたたないうちに、ドアがノックされた。

黒崎高真佐は入室をうながした。

「失礼します」

ドアが開くと、戸口で敷島瞭太郎が一礼した。

たいていの関係者が、この部屋に呼ばれるのをいやがるのだが、敷島は別だった。敷島瞭太郎は、自分と関わる人間がどんな性格だろうと、恐れたり、嫌ったりすることはなかった。

彼にとって重要なのは、相手の性格ではなく、能力なのだ。

その点、黒崎高真佐は、申し分ない人物だった。黒崎も、敷島の有能さを充分に買っていた。

敷島が入室してドアを閉めると、すぐに黒崎危機管理室長は、言った。

「日本に入国したミュウ・ハンターのプロフィールが手に入った」

「三人、入国しているとのことでしたが、その全員の素性がわかったのですか」

「情報調査室ががんばってくれたよ。三人のファイルがインターポールにあったので、思いのほか捜査がはかどった」

黒崎危機管理室長は、黒い表紙のついた、昔ながらの公式ファイルを敷島瞭太郎に向かって、差し出した。

敷島は、即座に手に取ってファイルを開いた。三人のミュウ・ハンターの顔写真が付いており、簡単な経歴が記されていた。

「読んでのとおり、たいしたことは書かれていない。だが、何もないよりましだろう」

「とんでもない。顔がわかるだけでも大助かりですよ」

「君の軍隊が遭遇したのはどれか、見当がつくかね」

「もちろん。このシド・アキヤマと、ジャック・バリーのふたりに間違いないようです。シド・アキヤマというのは、このファイルによると、元傭兵――つまり、戦闘のプロということになっています。『特別防疫部隊』の報告によると、敵は、戦いかたを充分に心得ている人物、ということでしたから……」

「そのファイルは君にあずける。君の好きにあつかってくれ」

「わかりました」

黒崎は、別の報告書を取り出して読み直した。

「厚生省の感染対策室――つまり、君がかっていたところからの報告だ。HIV－3の感染者が、日本全国で、新たに七人、確認された。もはや、人類にはHIVの感染を防ぐ手立てはないのかもしれない」

「しかし、感染後の発病率は、劇的に低下しました」

「そう。しかし、HIV－3からHIV－4へ移行するメカニズムは、まだつかめておらんのだろう。そして、ＨＩＶ−４感染者から生まれる子供の形質異常率は、四十パーセントを超え、なお、上昇傾向にあるとこの報告書にも書かれておる」

「世界中の専門機関が、ウイルスや遺伝子と戦い続けております。必ず、形質異常を生むメカニズムをつきとめ、治療法を探し出すはずです。事実、ＨＩＶに感染しても、発病をおさえる抗体を、バイオテクノロジーで製造することができたのですから」

「だが、ミュウに関しては、わからないことが多過ぎる。彼らは、ある時期に、まるで世界中で示し合わせたように、収容施設を脱走し始めた。今も続いているこの現象について、私は、納得のいく説明を聞いたことがない」

「同感です」

敷島瞭太郎はそれ以上、何も言わなかった。

黒崎高真佐は、敷島を一瞥《いちべつ》した。人々の背筋を寒くさせる眼差《まなざ》しだった。

しかし、敷島には何の効果もなかった。

黒崎危機管理室長は言った。

「よろしい。その研究のためにも、逃亡しているミュウを連れもどさねばならん。貴重な生きた実験材料だ」

「そういう言葉は、つつしまれたほうがよろしいかと思いますが……」

「壁に耳あり……か？　心配することはない。ここは、私の城だ。君は、君の軍隊を駆使して、ミュウ・ハンターを蹴《け》散らし、一匹でも多くの……、いや、ひとりでも多くのミュウを捕まえてほしい」

「わかりました」

「それと、もうひとつ……。君から報告があった、例のアメリカのジャーナリストだが、なかなか用心深くて、ホテルにはこれといったものは残していなかった」

「家捜しをしたのですか」

「そうだ。あまり、利口なやりかたとは言えないが、一番手っ取り早い」

「相手を、より用心深くさせてしまったかもしれませんね」

「そうかもしれん。だが、そのアメリカ人は、何に対して用心したらいいのかは、わかっていないはずだ。その人物については調査活動を継続する。結果は、逐次《ちくじ》、君のところにも回るようにしておく」

黒崎は、言い終わると、敷島をまったく無視して、書きものを始めた。

いつものことなので、敷島は慣れていた。彼は、礼をして退出した。

デニス・ハワードは、全日空ホテルに部屋を取ったまま、山口県へ向かった。

山口大学は、山口市内の湯田温泉街のそばにあるが、医学部だけは、宇部《うべ》市にある。ハワードは、あらかじめそのことを聞いていたので、時間を無駄にするようなことはなかった。

彼が面会の約束をしたのは、山田等《やまだひとし》という名の、医学部教授だった。

山田教授に会った瞬間、ハワードは、ある種の感銘を受けた。

これまで、世界中の著名人や指導的立場にある人物を何人もインタビューしてきた彼には、自然と人を見る眼がそなわっていた。

山口大学医学部の山田等教授には、会うだけで人を感動させる、不思議な魅力があった。それは、彼の純粋さからきているのだ、とハワードは思った。

山田教授はもうじき六十歳ということだが、まるで子供のような眼をしていた。

彼の研究室は、散らかってはいたが、決して居心地は悪くなかった。ハワードには、散らかりかたにも秩序があるように感じられた。

ふたりはソファに腰を降ろした。

教授は口髭《くちひげ》と顎鬚《あごひげ》をたくわえていたが、それに白いものが混じっていた。頭髪も半白だった。

山田教授は、鬚をなでながら話し始めた。

「私が、後天性免疫不全症治療薬の研究を始めたのは、まだ四十代のころでした。そのころ、ＨＩＶに感染するということは、ほぼ、百パーセントの死を意味していたのです」

「私は、アメリカ人で、ロサンゼルスに住んでいます。ですから、当時の恐怖は、まだ、鮮明に覚えています」

「私たちはＨＩＶに勝利することを、固く信じていました」

「具体的には、どのような研究をされてきたのですか」

「さきほども言いましたが、治療薬の発見――もう、ただそれだけです。ウイルスによる病気を抑えるには、おおざっぱに言って、ふたつの方法があります。まず、感染を防ぐワクチンを事前に投与する方法――この方法で天然痘《てんねんとう》が克服されたのはご存じでしょう。そして、もうひとつは、感染したあと、発病を抑える治療薬を投与する方法です。私たちのグループは、後者の研究を続けています」

「そして、実際に、いくつかの有効な薬を発見なさった……」

「いろいろ試しましたよ。私たちは、さまざまな化学物質をＨＩＶにぶつけ、その増加をどの程度抑えられるかを検定する手法を開発しました。グリチルリチン、クレスチン、またいくつかの硫酸化多糖類は、きわめて有効な働きをしました。そして、抗《こう》癌《がん》剤のレンチナンを硫酸化したレンチナン硫酸や、木材に含まれるキシロースから作ったキシロフラナン硫酸の効果には、胸が躍る思いがしました」

「ほかの手法で、有効な治療法を発見しようとした人々も多かったのでしょうね」

「アメリカやフランスの研究機関では、ＨＩＶの分子生物学的研究が主流でした」

「分子生物学というのは、生命の起源を求める学問ですね」

「そのとおりです。具体的には、生命活動を、ＤＮＡやＲＮＡの核酸やアミノ酸といったレベルのメカニズムで解き明かそうとする学問なのです。これらの研究から、いずれワクチンが作られるようになるでしょう。日本でも、京都大学のウイルス研究所で、ＨＩＶ感染者の発病を防ぐワクチンを、あと一歩で作り出せるところまできています」

「京都大学ウイルス研究所といえば、ＨＩＶと同類の、成人病Ｔ細胞白血病のウイルスを発見した研究所ですね」

「よくご存じだ。ワクチンを作るという作業は、思いのほか手間と時間がかかるものです。治療薬が、次々と臨床で使用されているのに、いまだにワクチンができていないのはそのせいです。でも、ワクチンが作られた暁《あかつき》には、それこそ、ＨＩＶに対する決定打となるでしょう。

そのほかに、抗体を投与して、感染者の発病を抑えるという方法もあります。ウイルスに感染しても、酵素に対する抗体があるうちは発病しないわけです。その事実は、大阪医科大学の微生物学教室と、カリフォルニア州立大学のハーバー医療センターとの共同研究で突き止められました。今では、バイオテクノロジーでその抗体をどんどん作って、治療に使用しています」

山田教授は、研究の成果について、それがどこの機関の功績であるかを常に明らかにしようとしていた。デニス・ハワードは、その姿勢に好感を持った。

「ドクターのようなかたがたのおかげで、後天性免疫不全症の治療は格段に進歩しました。だが、HIVは、次々と新たな問題を起こしているように思えるのです……」

山田教授は、深く何度もうなずいた。

「そう。人類は、HIVを掌握《しょうあく》したわけではありません。ウイルスは、まだまだ多くの謎《なぞ》を秘めています。HIVや、癌ウイルスのようなレトロウイルスについては、なおさらです。HIVは、すさまじい早さで姿を変えるのです。遺伝子を構成する塩基の配列が、実に、ヒトの遺伝子の百万倍のスピードで置き換わるのです」

「私がうかがいたいのは、そこのところなのです」

「……と、言いますと？」

「世界的な伝染病の流行をもたらしたＨＩＶ－１、そして、アフリカ西部だけで見つかったＨＩＶ－２。純粋な意味では、このふたつのウイルスが発病性を持っているわけですね」

「そうです」

「ＨＩＶ－１とＨＩＶ－２は、約二百年ほどまえに、ＨＩＶから枝分かれしたウイルス。その元になったウイルスのＨＩＶは約四百年ほどまえに、牛の伝染性貧血病ウイルスから枝分かれしたといわれています。そして、さらに、ごく最近、ＨＩＶ－３とＨＩＶ－４が枝分かれをした――そうですね」

「なるほど、あなたが何をお訊《き》きになりたいか、だいたいわかりましたよ。ＨＩＶ－４感染第二世代のことですね」

デニス・ハワードはうなずいた。

「彼らを、忌《い》み嫌う一部の人々が、彼らをミュウと呼び始めました。今では、その呼びかたが一般化しています」

「知っていますよ。そして、ある狂信的な集団か何かが、ミュウたちを、この地上から抹殺《まっさつ》しようとしていることも」

「ほう……。横浜の小倉教授とは、違った立場をお取りのようだ」

「横浜の小倉？　小倉幹彦のことですか？」

「そうです。先日、同じ内容のインタビューにうかがったのですが、彼は、ミュウについては触れられたくないようでした」

「小倉教授は、厚生省など、政府の機関とのつながりが深い。いろいろと、面倒な立場にあるのでしょう。学者といってもいろいろなタイプがありましてね。彼は政治的なやりとりがうまい。研究活動には時として大切なことなんですよ」

「ドクターにうかがいたいのは、ミュウが生まれ始めたのは、いったい、どういう現象なのかということです」

山田教授は、表情を曇《くも》らせた。彼は、きわめて深刻な顔つきになった。

「さきほども申し上げたように、HIVはものすごい早さで変化します。便宜的にHIV－3と呼んでいるウイルスは、確かにHIVから枝分かれしたのですが、正確にはHIV－3は、もはや免疫不全症を引き起こすことはないのです。突然、発病性を失ってしまったのです。そのメカニズムは、まだよくわかっていません。そして、HIV－4というのは、分子生物学的にいうと、ほとんどHIV－3と同じウイルスなのです。ただ、何かのきっかけで、ヒトの生殖細胞に入り込んで、その遺伝子に変化をおよぼす場合、区別をして、そう呼んでいるわけです」

「姿形《すがたかたち》が普通と違い、視聴覚に異常のある子供が生まれる——これは、明らかに病気と考えていいのでしょうね」

「今の段階では、そうとしか言えないでしょう。形質異常が発生する原因は、いくつかあります。サリドマイド児というのをご存じでしょうか。あれは、化学物質が誘因となって、遺伝子に異常をきたした例です。そのほか、放射能が遺伝子に影響をおよぼすことは、よくご存じのことと思います。ミュウの場合は、化学物質や放射能の代わりに、ウイルスが遺伝子に変化をおよぼしたということなのです」

「それは、防ぐことはできないのですか」

「HIV－3に感染した段階であれば、他のHIV同様の治療をほどこすことはできます。アジトチミジン、ジデオキシシチジン、スラミンといった化学薬品は、HIVの増殖を阻止しますすし、インターフェロンやペプチドT、グリチルリチンなどは、ウイルスの細胞への感染を防ぎます。さきほど言った、硫酸化多糖類は、その両方で働きます。しかし、生殖細胞の遺伝子に、自分の遺伝子のコピーをくっつけてしまった段階、つまり、HIV－4として働き始めた段階では、もう手の打ちようはありません。唯一の望みは、ワクチンの発見なのですが……」

「つまり、今後、ミュウはどんどん増えていくと……？」

「そうならないように努力しなければなりません。おおげさではなく、人類の存亡に関わる問題だと、私は考えています。問題は、ＨＩＶ－３が発病性を失ったことなのです」

「……と、言いますと？」

「感染しても、発病しない。つまり、人々は何ら恐怖心を抱かないわけです。そして、保菌者《キャリア》が増えていく。検査をすれば、当然、感染していることはわかるのですが、まさか、強制的に検査をするわけにはいきません。人権問題ですからね」

「しかし、いずれは、選択を迫られるでしょう。人権が優先するか、人類の存続が優先するかという……」

「いずれはね。でも、誰《だれ》がそこまで踏み切れるでしょう。私に言わせれば、人類の存続を優先するのが当然です。でも、たとえば、各宗教界では、どう言うでしょう？　法律家たちは……？　それを誰が取りまとめられるでしょう。無理やり国民全員の検査を断行するような政治――それもまた、恐ろしいという気はしませんか。それに、忘れてはならないことがあります。ミュウも、れっきとした人間だということです」

デニス・ハワードはうなずかざるを得なかった。

山田教授は、思いついて、言った。

「いい人を紹介しましょう。東京に帰ったら会ってごらんなさい。大学時代に、私の教室で学び、さらに、さきほど名前が出た、小倉教授の研究室でも学んだことのある人です。専門は、遺伝子工学ですが、ミュウに、ことのほか興味を持っている人物です」

「それは、願ってもないことです」

「飛田靖子といって、まだ若い女性です。美人ですよ。今、住所を書いてさしあげましょう」

7

厚生省特別防疫部隊の土岐隊長は、ホットラインで敷島瞭太郎に呼び出された。

彼は、市ケ谷を後にして、新首相官邸内の危機管理室に向かった。

官邸内のいたるところに、ブルーのブレザー、臙脂《えんじ》色のタイといった出立《いでた》ちのＳＰが立っていた。

危機管理室は二階にあった。

土岐は、中央階段を昇った。旧官邸と同様に赤い絨毯《じゅうたん》が敷きつめられている。

彼は、階段を昇りきったところに立っているSPが、自分のほうを睨《にら》んでいるのに気づいた。

土岐政彦は、軽く会釈した。相手は眼をそらした。

そのSPは、エリート意識の固まりだった。明らかに、土岐を自衛官だと思い、見下しているのだ。

土岐は、殴り倒したい衝動を抑えて、そのSPの脇《わき》を通り抜けた。

不愉快な思いを抱いたまま、土岐政彦は、危機管理室を横切り、敷島瞭太郎の個室のドアをノックした。


三枚の写真を見、略歴を読んだ土岐政彦は、感銘に近い驚きを感じていた。

これまで、ミュウ・ハンターは、彼にとって実感を伴わない存在だった。実際に、穂高岳《ほたかだけ》の山裾《やますそ》で一戦交えてはいたが、相手の姿を見たわけではない。

部下二名を殺されたにもかかわらず、敵は幻のようなものだった。

しかし、ファイルに眼を通した今、ミュウ・ハンターたちは、にわかに、実在感を帯びてきた。

土岐は、特にシド・アキヤマに興味を覚えた。

シド・アキヤマの経歴は、まぎれもない戦闘のプロフェッショナルであることを物語っていた。

土岐は、シド・アキヤマに、羨望《せんぼう》や尊敬に近い複雑な感情を抱いていた。

「そのファイルは君が責任を持って保管してくれ。写真は、複製を作ってもかまわない」

敷島瞭太郎は言った。

「承知しました」

「私は、戦いについては、まるっきりの素人だ。すべてのやりかたについては君に任せる。君たちには、いつ、いかなるときでも、ミュウ・ハンターを発見した際には、すみやかに処分する権限が与えられている」

「潜伏しているところを見つけ出し、こちらから攻撃をしかけてもいいということですか」

「やりかたは任せたと言ったはずだ」

土岐には、その一言で充分だった。

「わかりました」

土岐は言った。「例の、アメリカ人ジャーナリストは、どうなりました？」

「それが問題なんだ。いろいろと役割分担があってね……。危機管理室は、ホテルの家捜しを専門家にやらせたらしい」

土岐はあきれた。

「いったい、何の専門家ですか」

「ドアの鍵《かぎ》をこじあけ、部屋のなかをごそごそと嗅《か》ぎ回る専門家だろう。そういう連中も税金で養われているというわけだ。案の定、何もつかめなかったようだがね」

「その件も、われわれで調査できないのですか」

「それはいかん」

敷島はきっぱりと言った。「君たち、いや、私も含めてだが、手を出せるのは、ミユウ・ハンターに直接関係することだけだ」

「はい」

「心配することはない。黒崎危機管理室長は、同じ間違いを決して繰り返さない人だ。その件は、黒崎室長に任せようと思う」

「わかりました」

土岐政彦は、前傾十五度の礼をして、部屋から出た。

「おかしな連中ですね」

土岐隊長から、ミュウ・ハンターのプロフィールを聞かされた白石達雄は言った。

「こちらの素性を知ったら、むこうもそう言うだろうな」

陳 隆王《ツェン・ルン・ワン》――東隆一老人は、楽しげに言った。「なにせ、外科医に漢方医だからな」

「そういうことだ」

土岐隊長は、白石のほうを向いて言った。「変わった経歴の連中だが、手ごわい相手だということは、先日の戦いで充分にわかっていることと思う」

「そうですね。なにせ、こちらの完敗だったんですから」

白石が言った。土岐隊長は小さく溜《た》め息をついた。

「この次は、こちらが勝たねばならん。わかっているだろうな」

「わかってますよ。当然でしょう」

「われわれは、彼らの攻撃を待つだけでなく、こちらから撃って出ることを許された」

白石が、口笛を吹いた。

「本当ですか。これで、まず立場は互角というところですね」

「部下に、写真を見せ、この三人を探し出すんだ」

「了解。任せてください」

白石は、言って東老人とうなずき合った。


シド・アキヤマは、広尾の部屋で、ベッドに体を投げ出して、考えごとをしていた。

ジャック・〝コーガ〟・バリーと組んだことについて、思いを巡《めぐ》らした。

ミュウ・ハンターになって以来、組んで仕事をするのは初めてのことだった。

もしかしたら、ミュウ・ハンターという仕事を軽蔑《けいべつ》しているからかもしれないと、彼は思った。

確かに、無抵抗のミュウたちを殺して歩くのは、気が滅入る仕事だった。ミュウの代わりに銃を向けてくるデビル特捜《スペシャル》の連中――彼らと戦っている間は、自分がまともな人間でいられる気がしていた。

デビル特捜がなかったら、とっくにミュウ・ハンターなどから足を洗っていたかもしれない――シド・アキヤマは、本気でそう思っていた。

彼は、ミュウ・ハンターという仕事を、そして、その仕事をしている人間たちを、自分がそうでありながら、憎み、嫌っているのだった。

軽蔑している人間と組む気になれるはずはない。

彼は、傭兵に戻るべきかもしれないと、ふと思った。

しかし、それは、あまり利口な考えではなさそうだった。

彼は、人間同士が殺し合うことに、心底から嫌気がさして傭兵から足を洗ったのだった。自分の仕掛けたブービートラップで、反政府ゲリラのある兵士が爆死したのが、直接の原因だった。その兵士は、まだ中学生にもならないような年齢だった。

シド・アキヤマは、いろいろな国で、いろいろな仕事についた。たいていは、その日暮らしの雑役夫のような仕事だ。

そのうちに、気がついた。

自分は、戦場に戻りたがっているのだということに。彼は愕然《がくぜん》としたが、認めざるを得なかった。

再び戦場に出るべきか迷いながら、傭兵が集まる、フランスのマルセイユの酒場で飲んでいた。情報を仕入れようとしたのだ。

そこで、ミュウ・ハンターになることを勧められたのだった。

シド・アキヤマに話を持ってきたのは、ハキムと名乗るエジプト人だった。

ミュウというのは、明らかに人間とは別の生き物で、人間の腹を借りてこの世に生まれてくる悪魔に他ならない――ハキムは、きっぱりとそう言った。

根絶やしにしないと、人類の存続すら危いとも言った。

しかし、シド・アキヤマは、その点は深く考えなかった。

そのあとにハキムが話した、ミュウ・ハンターとデビル特捜の戦いに、強く心を引かれたからだった。

シド・アキヤマは、ハキムの言ったことをただ盲目的に信じることで、仕事をこなしてきた。

しかし、今やそういうわけにはいかなくなっていた。

彼の心には、飛田靖子の話が重くのしかかっていた。

シド・アキヤマは、これまで、ミュウのことを詳しく知りたいという欲求を抑え込んできた。そうでなければ、ミュウ・ハンターを続けることはできなかった。

だが、今は、ミュウのことを、知らねばならないと考えていた。

シド・アキヤマは、もう一度、飛田靖子に会う決心をした。

飛田靖子は、ある登山家グループと出会い、彼らに助けられて山を降りた。

とにかく、高円寺にあるアパートにたどりついたときは、疲労も限界に達していた。

彼女は着ているものをすべて脱ぎ捨て、ベッドにもぐり込んだ。たちまち眠った。

目を覚ましたときは、驚いたことに十二時間も過ぎていた。

シャワーを浴びると、ようやく生き返ったような気がした。

栄養と休息が何よりも必要だった。

彼女は、体力を取りもどすのに、さらに二日かかった。

完全な疲労状態から抜け出すと、頭が働き始めた。

彼女は不思議な体験を思い出さずにはいられなかった。

ミュウ・ハンティングの現場を見たのは衝撃的だった。思い出すと背筋が寒くなるような光景だった。

しかし、それよりも鮮明に記憶に残っているのは、シド・アキヤマの印象だった。

彼は靖子にとって、憎んでも憎み足りない存在のはずだった。事実、シド・アキヤマに会う以前も今も、ミュウ・ハンターを殺しかねないほど憎悪している。

だが、不思議なことに、彼女のなかに残っているシド・アキヤマの印象は決して悪くはなかった。

彼女はアキヤマに理知的な雰囲気すら感じていた。そして、常に命の危険にさらされている男の厳しさが同時に伝わってきた。

そして、彼がミュウ・ハンターなどではなかったらいいのに、と考えている自分に気づき、驚いた。自分を軽蔑しそうになった。

彼女は、どんなことがあろうと、ミュウ・ハンターに心を許してはいけないのだった。

彼女には、もっと考えるべきことがあった。

どうすれば、ひとりでも多くのミュウを助けることができるか――それが、彼女の最大の問題だった。

そして、当然のことだが、彼女自身も生きてゆかねばならない。

仕事を探さねばならなかった。銀行の預金残高は、しだいに心もとなくなってきていた。

ミュウを助けるためにも、少なからぬ金がかかるはずだ。

そして、彼女は唐突に、再びシド・アキヤマのことを思い出した。彼が言ったことが頭に浮かんだのだ。

「ミュウの逃亡に手を貸しているようなことが政府当局に知られたら、あんたも、俺《おれ》たちのように追われるはめになる」

飛田靖子は、ひどい孤独感を味わった。

誰を頼ればいいのか、まったくわからなかった。

シド・アキヤマのような人物が敵ではなく、味方だったら、どんなに心強いだろうと、再び彼女は考えていた。

そして、今度は、その考えを打ち消そうとはしなかった。

シド・アキヤマのほうから、ジャック・バリーを探す必要はなかった。

アキヤマは、西麻布の『チューン』に出かけた。時間をかけて、ドライ・シェリーを飲んでいると、思ったとおり、どこからともなく、ジャック・〝ゴーガ〟・バリーが現れた。

旧友にでっくわしたとでもいうように、彼は、おおげさに再会を喜んで見せた。

シド・アキヤマが言った。

「こいつは感激だ。これほどあんたに歓迎されるとは思わなかった」

「ふん。アメリカ人は陽気――たいていの日本人が愚かにもそう思っている。こうして外国人がはしゃいでいる姿を見ると、彼らは安心するんだ。外国人が、こそこそやっているのを、日本人は特に好まない」

「なるほど。その点、俺は気が楽だな。俺は、見かけは、日本人と変わりない」

「見かけが日本人でありながら、日本語をあまりしゃべらんようなやつも、日本では敬遠される。ま、気をつけることだ」

「そうするよ」

ジャック・バリーは、ビールをたのんだ。

「どうして、日本人てやつは、自分たちが作ったものを誇ろうとしないんだ？」

バリーは言った。「日本のビールは、世界に誇れる味を持っている。なのに、日本の若い連中は、こういったところでは、クアーズ、バドワイザー、ハイネケンだ」

「日本の若者は、気を遣ってるのかもしれんよ。貿易黒字を減らそうとしてね」

「こいつは、ビールだけの話じゃないぜ。忍術というのはすぐれた総合武術だ。だが、日本では、伝承者がどんどん少なくなっているんだ。もったいない話だ」

「俺のせいじゃないよ」

「そう。だが、あんただって日本人の血を引いているんだろう」

「日本人と日系人は違うんだ。まったく別の民族なんだよ」

ジャック・バリーは、やってきたビールのジョッキを、一気に半分ほど干した。

「ほう。そうかね」

「俺はあんたと民族文化について語り合おうなどとは思っていないんだ」

「あんたの欠点をひとつ教えてやろう。余裕がないことだ。もっとリラックスして生きるんだな」

「リラックスするのは、死んだときの楽しみに取ってあるんだ」

バリーは、アキヤマを見て笑った。ビールを干した。

「デビル特捜の件なら、まだ何もつかめていない。俺の息のかかった情報屋は、マスコミの世界にも何人かいる。その連中も、何も知らない。だが、心配するな、必ず今に尻尾《しっぽ》をつかんで見せる」

「もうひとつの件はどうだ、バリー」

「例の女の居場所か？」

「そうだ」

バリーは自慢げにほほえんだ。

「あんたは、女の名前と素性を教えてくれた。このバリーにとっては、それで充分なんだ。住所と電話番号をつきとめたよ」

「さすがだな、バリー。見直したぞ」

「おい、これくらいのことで感心されちゃこまるな。俺を見くびっていたのか。朝めしまえってやつだぜ」

バリーは、飛田靖子の住所と電話番号をアキヤマに教えた。

「あんたには隠しごとひとつできそうにないな、バリー。きっと、俺の両親の名まで知っているに違いない」

「いや……」

バリーは、真剣な顔になった。「あんたの素性は知らない。本当だ。俺が知っているのは、あんたの傭兵時代からの経歴だけだ」

アキヤマは笑ってバリーを安心させた。

「気にするなよ、俺にだって冗談を言うくらいの余裕はあるんだ」

「とにかく、そのヤスコという女は、ミュウのもとに導いてくれる大切な案内人なんだろう。大急ぎで調べ出したというわけさ」

「わかった」

アキヤマは立ち上がった。「あんたは好きなだけ飲んでくれ。また、会おう」

バリーは、アキヤマを止めなかったし、これからどこへ行くのか尋ねもしなかった。

アキヤマは店を出た。


夜が深まるにつれて、飛田靖子は、不安と焦燥感《しょうそうかん》にとらわれていった。

小さな不安が、次から次と新たなより大きい不安を呼び、今や理由のない大きな漠《ばく》然《ぜん》とした恐怖となっていた。

その状態から逃がれる術《すべ》はなかった。

彼女を辛《かろ》うじて支えているのは、ミュウを助けなければならないという信念だった。

それだけでも、尊敬に値した。

彼女は、部屋のすみで膝《ひざ》を抱いてうずくまっていた。広い場所に出るのがおそろしかった。決して広くはない部屋だが、今の彼女には、その中央に座っていることもできないのだった。

彼女は、恐怖に勝つ方法を考えた。不安の原因をひとつひとつ明確にしていき、その対処法を考えるのだ。

だが、途中であきらめた。彼女を不安にさせている問題は、ほとんどどれも手にあまるように思えたのだ。

自分はこのまま、衰弱《すいじゃく》し、発狂するのではないか——そんな妄想が浮かび、腋《わき》の下に冷や汗がにじんできた。

突然の物音に、彼女は声を上げるほど驚いた。

ドアをノックする音だった。

彼女は、ドアを見つめてじっとしていた。

また、ノックの音が聞こえた。

靖子はようやく立ち上がって、ドアのそばへ行った。

「どなた?」

英語の返事が返ってきた。

「俺だ。シド・アキヤマだ」

その名を聞いたとたん、彼女はあたたかいものに包まれたような気がした。急に体の力が抜けていった。

最も憎むべき人間が訪ねてきたというのに、彼女は、心から安堵《あんど》してしまったのだ。

彼女は迷った。だが結局、ドアを開けていた。

「でも……。どうして……?」

「言っただろう。必要なときには、いつ、どこにでも会いに行くと」

「ということは、私に会う必要があるということなの」

彼女は急速に立ち直っていた。今では、アキヤマと対等に口をきこうとしていた。

「そういうことだ。話をもっと聞く必要がある」

靖子は、わずかの間考えてから、ドアを大きく開いて場所をあけた。

「いいわ。入ってちょうだい」

8

「顔色がよくないな。俺が来たせいなのか」

シド・アキヤマが言うと、飛田靖子は正直に言った。

「その逆よ。ひとりでおびえていたの」

アキヤマは、その一言ですべてを理解した。

「今、コーヒーを入れるわ」

「もっと強いものがいいんだが……」

「お酒は置いてないの」

「買っておくことを勧めるな。ひとりで不安になったようなとき、少しは役に立つ」

「そうするわ」

靖子はトレイに、コーヒーをふたり分載せて台所からやってきた。

「さ、お話というのは何なのかしら?」

「もちろん、ミュウについてだ。考えてもどうしてもわからないことがある」

「例えば?」

「あんたは、まったく当然のことのように言った。ミュウは、HIV-4感染者から、変化した遺伝子をそのまま受け継いでいる、と」

「そう。当然のことよ」

「それは、つまり、ミュウの子供は、みんなミュウになるということなのか」

靖子は、うんざりした表情で大きくかぶりを振った。

「ミュウをいたずらに恐れたり、迫害したりしている人々は、例外なくそう考えているようだわ。でも、それは間違いよ。そうとは限らないの」

「説明してくれ」

「ヒトのDNAの、同じ領域を比較してみると、平均約二百塩基対《えんきつい》に一個の割合で異なった部分――つまり、塩基の置換《ちかん》や挿入《そうにゅう》欠失《けっしつ》などのさまざまな違いが見つかるものなの。ヒトの遺伝子というのは、ものすごくバラエティーに富んでいるのよ。そして、その違いが、直接、遺伝病に関係しているとは言えないわけ」

「つまり、HIV-4によって変化した遺伝子も、そういった通常の差異として見ることができるというわけか……」

「そのとおり。もちろん、遺伝病の高リスク集団であることは否定できないわ。例えば、癌が多発する家系があるという話は知っているわね？　あれは、明らかに遺伝子の問題よ。でも、その家系の人々が、全員、癌にかかるわけじゃないのよ。ハンチントン舞踏病《ぶとうびょう》という遺伝病もあるわ。この病気は、メンデル型の優性遺伝をすることが知られている。つまり、同じ家系のなかでも、発病する人としない人がはっきりと分かれているわけ。

人間の遺伝子というのは、大変正確にコピーされるんだけど、同時に、広いフレキシビリティーを持っているの」

「実際に働く部分と、まったく働かない部分があるということなのか？　つまり、へたな鉄砲のようなものだ？」

「そうね。そして、もっと言えば、遺伝子の多様性という面から見て、完全に健全な人というのは存在していないのよ。あなたも私も、どこかに、必ず欠損や置換がある遺伝子を持って生まれてきたのよ。そして、同じ意味で、ここまでは正常で、ここからは異常という線を引くことはできないのよ」

「しかし、実際に、ミュウは生まれてくる」

「それは否定できない事実だわ。でも、たまたま、あなたや私も持っている遺伝子の欠損部分が発現してしまったと考えることもできるのよ。多くの場合、そうした形質の異常は、流産という形で、排除されるんだけど……」

「ミュウが生む子供はどうなるんだ？」

「可能性はいくつもあるわ。そして、結果はひとつではないと思うわ。おそらく、いくつかの可能性がそのまま複合した形で、結果として現れてくるでしょうね」

「具体的に言ってくれ」

「あなたや、ミュウ迫害派が考えているように、ミュウからミュウが生まれる可能性があるわ。ミュウの流産率が異常に高くなり、ミュウは、ほとんど子供を持てなくなる可能性もある。そして、ミュウが、私たちと、何ら変わりのない子供を生む可能性もあるのよ」

「可能性か……。それで、例えば、十年後、百年後の世界はどうなっているんだ」

「正直に言うと、私たちには知る由《よし》もないというところね。でも、ミュウという新しい人種が増えている可能性は大きいわね」

「人種が増えている？　その程度のことで済むのか？」

「私は、あくまで現在の人類とミュウは共存共栄できると信じているわ。いい？　ミュウも私たち人類の子孫なのよ」

「そう……」

アキヤマは、言った。「そのことを考えたがらない人間がたいへん多いのだ」

「あなたも、そうだというわけ？」

靖子のなかで、怒りが再燃しそうになった。

「そうだった。そうでなければ、ミュウに銃を向けることはできなかった。しかしあんたの話を聞いて、迷うようになったというのは嘘《うそ》じゃない」

飛田靖子は、その言葉にいつわりがまったく感じられなかった。シド・アキヤマは、真実を語っているのだ。彼女には、そのことがわかった。

アキヤマはさらに言った。

「俺はミュウに関わりながら、ミュウをめぐって世の中でいったい何が起きているのかということに関して、まったく無知だった」

「あえて、知ろうとしなかった」

「そうだな……」

「知るのが恐ろしかった？」

「そう……。そうかもしれない。俺は、デビル特捜との戦いを楽しんでいたのかもしれない」

「お願いがあるの」

「死んで罪をつぐなえというのなら、お断りだ」

　靖子は首を横に振った。

「私に手を貸してほしいの」

「驚いたな」

　アキヤマは、明らかにうろたえていた。「あんたは、俺のことを殺したいほど憎んでいるものと思っていたがな……」

「そう。それは正しい判断だわ。でも、私は、助けが必要なことも確かなの。私がミユウの脱走に手を貸していることがわかれば、あなたと同じく、政府当局に追われる立場になる――あなたはそう言ったわね」

「言った。当然のことだ。今でも、そう思っている」

「そして、あなたは、今、ミユウのことを理解しようとしている。私は、その点については協力できるはずよ」

「つまり、ミユウ・ハンターの俺に、ミユウを守る側に立てというのか」

「迷っていると言ったでしょう。あなたは、根っからのミユウ・ハンターではないはずだわ」

　シド・アキヤマは笑い飛ばそうとした。

　しかし、できなかった。彼は、真剣に靖子の申し出について考え始めていた。

やがて彼は言った。

「あんたは、たいしたオルガナイザーだ。これ以上ここにいると、説得されかねない」

アキヤマは立ち上がって、ドアに向かった。

「これから先も、変わらない生きかたをすると言うの？」

靖子は言った。「それなら、どうして、話を聞きに、私のところに来たの」

アキヤマは立ち止まった。

「人間の行動はすべて説明ができるものとは限らない。そうだろう」

「いいえ。必ず理由があるはずよ」

「今の俺には思い当たらん。思いついても言う気はない」

「お願いよ。私は、本当に、あなたの助けが必要なの」

その言葉は、それまでの理性的な口調とは違って聞こえた。

彼は、意外に思って振り返った。

わずかの間だったが、彼は靖子を見つめていた。

そして、背を向けた。

「考えておくよ」

彼は、ドアの外へ消えた。

飛田靖子のアパートから離れようとしたシド・アキヤマは、そのアパートと隣りの人家の塀《へい》との狭いすき間から現れた人影に驚いた。

シド・アキヤマに気配を悟られずに闇に潜んでいられる人間は、きわめて少なかった。

「バリー……」

アキヤマが目を丸くしていると、彼は言った。

「俺だってこれくらいの芸当をして、あんたを驚かせることはできる。気をつけることだ」

「何のために俺を尾《つ》けたんだ？」

アキヤマはバリーに咬《か》みついた。きわめて不機嫌だった。

「静かにしろ、アキヤマ。落ち着け。気に入らんのはわかる。だが、俺だって、気になることは納得するまで調べにゃならん」

「気になることだって？」

「あんたが、あのバーを出てからどこへ行くかは見当がついた。そう、誰にだってわかったさ。そして、俺はそいつを確かめることにした。やはり、あんたは予想どおりの場所へやってきた。そうなると、今度は、その目的を知らなくてはならないということだ」

アキヤマは落ち着いていた。

そして、再認識していた。

陽気なアメリカ人は、あくまでも、バリーの表向きの姿でしかない。

「わかるだろう、バリー。俺は、彼女を少しばかり威《おど》しておく必要がある。こっちが、彼女の居場所を知っていることを知らせ、心理的プレッシャーを与えておかなければならないんだ。彼女は、俺たちの顔を知っている」

「もちろんだ、アキヤマ」

バリーは言った。「あんたの言うことはわかるよ」

アキヤマは、その言葉のとおりにバリーが考えているかどうか疑問に思った。

「俺があの女に会ったのに、それ以上の意味はない」

「いいだろう、アキヤマ。納得がいく答が聞ければ、俺は満足なんだ」

「……で？　納得したのかね」

「したとも」

「今後も、こういうことはあると考えたほうがいいのか」

「つまり、あんたを、こっそり尾行したりということか？　それは、あんた次第だな」

「その答は気に入った。少なくとも嘘をつくよりいい」

「誰もがうなずく回答だろ。え？　ところで、女の様子はどんなだった」

アキヤマは、幾通りかの返事を考え、ひとつを選んだ。

「俺が現れたことで、ひどくおびえているようだ」

「われわれにとって、いい兆候《ちょうこう》というわけか」

「そう思う」

「シド・アキヤマは、間違いなくやるべきことをやったわけだ」

「さっきからそう言っているつもりだが……？」

「わかった。引き上げるとしよう」

「勝手に消えるんだ、バリー。俺もそうする。あんたと手をつないで帰る気はない」

「ま、それもそうだな」

バリーは、その場を離れた。彼は、高円寺駅のほうへ向かった。

シド・アキヤマは、バリーと反対の方向へ歩き、早稲田通りに出た。

翌日、飛田靖子は、仕事を探して歩いた。就職情報誌で選び出したいくつかの仕事は、すでに他の人間が採用されていた。

午後三時ころ、自宅のアパートへ戻った。

白い封筒の手紙が来ていた。

差出人の住所は書かれていない。封筒の裏の隅に小さく「実香《みか》」と書かれていた。

靖子は、大急ぎで部屋に入りドアを閉めて、封筒を開いた。

実香というのは、靖子が助けたミュウのひとりだった。安全な場所に落ち着いたら連絡をくれるという約束になっていた。

手紙によって、何人かのミュウが、日光へ行ったことを知った。

彼女は、書棚から日本地図を取り出してきた。百科事典の付録の地図帳だった。

日光が出ているページを開く。

実香という名のミュウによると、彼らは、男体山《なんたいさん》と女峰山《にょほうさん》の間の山林に隠れているという。

それは、ちょうど、男体山をはさんで、中禅寺湖《ちゅうぜんじこ》の反対側にあたる位置だった。

着の身着のままで施設から逃げ出したため、衣類が不足して、皆、たいへん寒い思いをしていると手紙に書かれていた。

靖子は、再び外出の用意をした。

新宿へ出て、書店で日光の山岳地図を買った。

そして、デパートやサバイバルショップを探し回り、必要なものを買った。

シド・アキヤマと山にいる間に、彼が持っていたもので、たいへん役に立つものをいくつか覚えておいたのだった。

火をつけてもにおいを出さない罐《かん》入りの固型燃料。ナイフを使って火を起こせる発火用具。そして、エマージェンシー・ブランケットなどだった。

エマージェンシー・ブランケットは、拳大《こぶし》に固く畳《たた》まれた、銀色の薄いシートで、広げると、大人ひとりが楽にくるまれる大きさになる。保温力は、普通の毛布の三倍ほどもある。

アパートに戻ると、靖子は、買って来たものと、自分のトレーナーやセーターの古着をリュックに詰めた。

地図と磁石を、リュックのポケットに収め、反対のポケットには水筒を入れた。

そして、着替えを始めた。都会的な紺色のスーツを脱ぎ、山歩き用のネルのシャツや、ツイードのズボンをはいた。

彼女は、再び山に入ることを考えると、うんざりした。ようやく体力が回復したばかりだった。

しかし、自分を頼りにしているミュウたちのことを思うと、じっとしてはいられなかった。

何よりも、二十七歳という若さが彼女の行動の助けになっていた。

時計を見ると、六時を過ぎていた。

彼女は、部屋を出た。

山へ出かけるということは、その恰好《かっこう》を見ればすぐにわかった。

高円寺駅からJR線に乗り、中野駅で地下鉄東西線に乗り替えた。さらに、日本橋で地下鉄銀座線に乗り替え、浅草駅までやってきた。

地下鉄浅草駅は、東武線浅草駅とつながっている。

彼女は、そのまま、東武線で日光へ向かった。

その間、ふたりの男に姿を見られていたことに、彼女は気がつかなかった。

ひとりは、隣りの部屋に住む大学生だった。

彼は、隣室に住む靖子に、強い関心を持っていた。彼女の行動が気になり、ドアの開く音がするたびに、台所の窓を細く開けて、そっと様子をうかがっていたのだった。

もうひとりは、さらに不気味な男だった。

彼は、東武浅草駅まで彼女を尾行していた。四十歳をとっくに過ぎていたが、若者好みのフライトジャケットに、ジーパンという姿だった。

見たところは、夢破れたジャーナリストといった感じだった。

彼は、飛田靖子が、日光行きの特急に乗ったのを確かめると、公衆電話を探し始めた。

公衆電話を見つけ、ダイヤルすると、相手が出るまで辛抱強く待った。

彼は、明らかに日本人だったが、受話器に向かって、英語で話し始めた。発音はよくないが、充分に通用する英語だった。

電話を切ると、彼は人混みのなかに姿を消した。

9

デニス・ハワードは、苦労して飛田靖子の住むアパートを探し出した。

土地鑑がない日本で、住所だけで訪ね歩くのは楽なことではなかった。山口大学の山田等教授は、住所しか知らなかった。電話番号は知らなかったのだ。番号案内に尋ねてみたが、電話帳に番号が登録されていなかった。

ノックをしたが、返事はなかった。

すでに日が暮れていた。

部屋に人がいる気配はなかった。

（金曜日の午後だ）

ハワードは考えた。（部屋にいなくても不思議はないか……）

ふと、右隣りの部屋の小さな窓から明かりが洩《も》れているのに気づいた。

彼は、今度はそのドアをノックした。

「誰ですか……」

若い男の声がした。

「お隣りの飛田さんに用があってきたのですが……」

ドアが細く開いた。チェーンをつけたままだった。

ジーパン姿の若者が、その隙間《すきま》から見えた。学生であることがハワードにはすぐわかった。どこの国であれ、先進国の大学生には共通した雰囲気《ふんいき》があった。大人に不信感を抱き、独特の反抗心を持っているのだ。

「飛田さんなら、三十分ほどまえ、出掛けましたよ」

「そうですか……。金曜の夜ですからね」

ハワードは笑顔を見せた。外国人の笑顔にたちまち、学生は警戒心を解いてしまった。計算どおりだった。

「たぶん、旅行に出たのだと思いますよ。登山をするような恰好をしていましたから」

登山と聞いて、ハワードにはぴんときた。

「どうもありがとう」

ハワードは再び笑いかけた。ドアが閉まった。

隣人の好奇心も、たまには役に立つものだ――彼はそう思っていた。

彼女は、ミュウのところへ行ったに違いなかった。根拠などないが、確かだとハワードは考えていた。

ミュウが、施設を脱走すると、ほとんど例外なく山のなかへ入っていくことを、彼も知っているのだ。

どこへ行ったのか知る方法はないか――彼は真剣に考えていた。

妙ないら立ちを覚えていた。

彼は、高円寺駅に向かって歩き始めた。

ハワードが去ってしばらくすると、目立たないスーツを着た男が、大学生の部屋のまえにやってきた。

彼はドアをノックした。

「はい……」

飛田靖子の隣りに住む若者は、再びドアを細く開けた。

「どなたですか」

地味なスーツの男は、懐から、ほとんど黒に見える濃い紫色の手帳を取り出して提示した。

若い男は、その男の顔をじっと見た。

「刑事さんですか……」

「いまの外国人は、君にいったい何の用があったんだね。聞かせてもらえないか」

高飛車な口調だった。

学生は反感を覚えたが、こういう場合警察は何でもできることくらいは知っていた。

「あの人、俺に用があったんじゃないんです。隣りの飛田さんを訪ねてきたんです。飛田さんは、三十分ほどまえに出掛けたと教えてやっただけです」

「飛田……。名前のほうは？」

「靖子。確かそうです」

「それで、その飛田靖子だが……」

地味なスーツの男は、平気で人の名を呼び捨てにした。「どこへ出掛けたか、知らないかね」

「知りませんよ、そんなこと……」

「本当だな」

「なんで、俺が嘘をつかなきゃならないんですか」

学生は、明らかに気分を害していた。

地味なスーツの男は、一度うなずいただけで、礼も言わずにその場を立ち去った。

学生は、テレビの刑事ドラマではとうてい見られぬ、警察の本当の姿を見るはめになってしまった。

彼は、警察手帳を見て、相手のことを「刑事」と呼んだが、正確には刑事ではなかった。

地味なスーツの男は、労働運動、大衆運動、そして、文化人を監視する、警視庁公安部公安第二課の私服警察官だった。

アパートの外には、もうひとりの私服警官がいて、デニス・ハワードが去って行った道を見つめていた。

ふたりは連れだって、高円寺駅のほうに足早に歩き始めた。


「本当なのか。見つけたってのは」

白石達雄は、厚生省特別防疫部隊の隊員に言っていた。「どうも信じられないね。おまえさんたちが、こんなに早く見つけるなんて」

特別防疫部隊の、精鋭たちふたりは、請け合った。

「間違いありませんよ。賭《か》けてもいいです」

「よし」

白石は言った。「その賭け、乗ったぞ」

彼らは、広尾のリースマンションの玄関が見える位置で監視を続けていた。

「腹がへったな」

白石は時計を見た。「午後七時か。夕食の時間だ」

「敵もそうだといいんですがね。食事に出てくれれば、顔を確認できるでしょう」

隊員のひとりが言った。

「ま、やつが、まっとうな時間帯で生活していることを願おう」

「どういうことです」

別の隊員が訊いた。

「例えばこういうことだ。やつが昼ころからビールを飲み始めたとする。やることがないんで、だんだんと強いものを飲み始める。すると、今ごろちょうどできあがって、ひと眠りしているだろう。もっと夜がふけてからまた起き出して、今夜は街で飲み始めるんだ」

「想像しがたい生活ですね」

「あんた、自衛隊から来たのか？」

「そうですよ」

「そうだろうな」

「外科医の生活は、思ったより健全ではないようですね」

「そうさ。外科医ってのはな、肝臓がいかれたら、こっそり他人のと取り替えちまうんだ。自分で切り取ってな。知らなかっただろう」

さきほどの隊員が言った。

「どうやら、敵は、ドクターより健康的な生活を送っているようです」

彼は、顎でマンションの玄関を示した。「やつです。出てきました」

「健康的だって？　僕よりストレスが少ないだけだろう？」

白石は、その顔を玄関の明かりではっきりと確認した。

見かけは、完全に日本人と変わらない。しかし、彼は日本の国籍を持っていない。

日本語もあまりしゃべらない。

彼を、これほど早く発見できたのも、そういった特徴のせいだった。

まっすぐまえを、睨むように見すえている。白石は、その眼に、ぞっとするような
冷酷さと、なぜか、深い悲しみを感じた。

「なるほど」

白石はつぶやいた。「こいつは迫力あるな。おまえら、あの眼に睨まれたら、しょんべんをちびるかもしれない」

「これからどうします」

「僕は、いったん本部へ帰る。監視を続けてくれ。すぐに応援をよこす。何かあったら、すぐ電話で連絡しろ」

「了解しました」

白石は、タクシーを拾うため、南青山に抜ける通りに出た。

土岐政彦は白石に確認した。

「間違いなく、シド・アキヤマだったんだな」

「あれがアキヤマじゃなかったら、悪魔が西麻布をうろついていますよ」

「よし、君は、監視のための班を作ってくれ。ふたり組の三交替制だ」

「わかりました。でも、見つけ次第処分する権限を与えられているんでしょう。いつまで監視を続けるんです？」

「シド・アキヤマと組んでいたやつがいる。彼を監視していれば、そいつも発見できる可能性があるじゃないか」

「だといいですがね。やつは並の男じゃありません。こっちの監視に気づいたら、また、犠牲者が出ることになりますよ」

土岐隊長は、東隆一老人を見た。

「どう思います？」

「都会のどまんなかで、撃ち合いを始めるわけにもいかんだろう。見つけ次第、始末するといっても、やれることには、限界がある。監視して、機を待とうじゃないか。うまくすれば、隊長の言うとおり、ジャック・バリーというミュウ・ハンターも見つけられるかもしれん。とにかく、今はまだ動くときではない。そう思う」

　土岐はうなずいてから、白石を見た。

「わかりました」

　白石は、班編成のために、隊員が待機している宿舎に向かった。

　白石が出て行くと、東隆一老人が言った。

「われわれは、あまりに不自由だ。警察は上の人間が抑えてくれるとしても、報道関係は、抑え切れん。人に知られず、ミュウ・ハンターを確実に始末せねばならんのだ。街中では、銃を使うこともできる限り避けねばならない」

「私は、命令されることに慣れていましてね……。理不尽だと感じても、命令とあらば従ってしまうという、犬のように悲しい習性が身についてしまっているのですよ」

「あんたは、そんな人じゃない。この年寄りは、少しは人を見るのだよ。それに、理不尽な命令に盲従するような部隊は、すぐに滅びる。今、われわれに必要なのは、白石くんのように、合理的にものを考える人間なのかもしれんな」

「わかっています」

　土岐政彦はうなずいた。

男体山は、またの名を二荒山《ふたらさん》といい、関東一の霊山として知られている。そそり立つコニーデ型の見事な雄姿を見ると、古くから人々の信仰の対象となってきたことがうなずける。

その南側のふもとには中禅寺湖があり、北側には、大真名子山《おおまなご》、子真名子山《こまなご》、そして、女峰山が並んでそびえている。

飛田靖子は、東武日光駅で客待ちをしていた黒いタクシーに乗った。

タクシーの運転手に、頼み、宿を紹介してもらった。

タクシーは、いろは坂を登り、男体山を右手に見ながら中禅寺湖畔を走り抜けた。戦場ケ原近くの、ひなびた温泉に着き、靖子はそこで宿を取った。

雪が降り出すまえの日光は、ひときわ美しく、無名の温泉宿だったが、彼女のほかにも何組か客がいた。

彼女は、夜が明けてからでないと絶対に山のなかへ入る気はなかった。夜の山がどんなにおそろしいところか、前回、思い知らされているのだ。

体力をたくわえるため、その日は、早く寝ることに決めていた。

広尾から西麻布の交差点に至る通りを、散歩するような歩調で歩いていたシド・アキヤマは、すでに、尾行に気がついていた。

尾行のテクニックは、彼に言わせれば、お粗末なものだった。

彼を尾け回す相手は、デビル特捜以外には考えられない。

尾行はへただが、戦闘には慣れた連中――そのあたりに、日本のデビル特捜の正体を探る鍵がありそうだとアキヤマは考えていた。

彼は、すっかり日が暮れた街をいかにものんびりと歩いているように見えた。一杯やる店を物色しているようだった。しかし、実際には、その神経は張りつめていた。

彼は、冷静に敵の数を見きわめた。

不自然に見えないように、道路を横断し、そのときに素早く周囲を観察した。

尾けているのは、ふたりだけだと判断を下した。

ふたりとも、目立たない恰好をしていた。片方は、グレーのスーツにブルーのネクタイ。もう片方は、紺色のブレザー、チャコールグレーのスラックス、臙脂《えんじ》と紺のレジメンタルタイを身につけていた。

髪は短めだが、例えばアメリカの海兵隊のような特徴はなかった。大衆のなかにうまく溶け込むように工夫された恰好だ。

しかし、ふたりの体格のよさは、隠しようがなかった。

スポーツ選手の体格ではない。アキヤマにとって見慣れた体格だった。パワーとスタミナの両方が要求されるプロの兵士の体格だった。

すでに、住処《すみか》が彼らに知られているのは明らかだった。今さら、ふたりを撒《ま》いてみてもしかたがなかった。

だからといって、このままふたりを帰す気もなかった。

ふたりの尾行者は、シド・アキヤマの夕食まえの散歩に、最後まで付き合った。散歩の終点は、青山墓地だった。

シド・アキヤマは、うまく人気のない場所まで、ふたりを誘導してきたのだ。枯れ葉が積もった地面を、ふたりは踏み鳴らして歩いていた。ところどころに、外灯が立っているが、周囲は暗かった。

シド・アキヤマは、木の陰に回った。

ふたりの尾行者が顔を見合わせるのを見た。彼らは、精一杯警戒しているのだ。自分たちの立場がわかっているようだ、とアキヤマは思った。

彼は、そっと木陰を迂回《うかい》した。不思議なことに、彼が踏んでも地面の枯れ葉は、ほとんど音を立てなかった。

尾行者たちは、何ごとかささやきを交わして引き返そうとした。

振り返ったところに、シド・アキヤマが立っていた。

ふたりは目を見開いた。みるみるその顔が蒼《あお》くなっていった。

アキヤマは、ふたりを見つめていた。彼は何も言おうとしなかった。

そのことが、さらに、ふたりに恐怖心を与えていた。

グレーのスーツを着ているほうが、先に行動を起こした。

この状態では、すべての言い逃がれが通用しないと判断したのだ。

彼は、素早い摺《す》り足で、シド・アキヤマとの間を詰め、鋭いワンツーの先制攻撃をしかけてきた。

アキヤマは、左のジャブをバックステップではずし、右ストレートを左手で、外側から内側に向かってさばいた。

同時に、体を入れ替え、相手の左脇に回り込み、足を払った。

グレーのスーツを着た男は、地面に転がった。

すかさず、紺色のブレザーを着たほうが、ワンステップしてから、容赦のない回し蹴りを見舞ってきた。

アキヤマは、迷わず飛び込んだ。

蹴りが決まるまえに、その下に入り、蹴り足を突き上げてやるのだ。

ブレザーの男は、簡単にひっくりかえった。

アキヤマは、そのままふたりにとどめを打てた。そうすることが彼の常識だった。

しかし、彼は、ふたりともう少し遊んでみることにした。ふたりがどの程度の力の持ち主か知りたかったのだ。

ふたりは、明らかに空手を修練していた。

グレーのスーツを着た男のワンツーは、近代空手の代表的な攻撃だ。ストレートは、ボクシング・スタイルではなく、遠い間合いから伸びてくる空手の中段突きだった。

ブレザーの男の回し蹴りも、腰を充分に返し、すねをナタのように使う、一撃必殺の空手の蹴りだった。

アキヤマは、ふたりが起き上がるのを待った。

グレーのスーツの男は、下段の回し蹴りで、膝上約十センチの外側にある急所を狙ってきた。ここにローキックが決まれば、その一撃で相手の動きを封じることができるのだ。

アキヤマはさがらなかった。

さがったとたん、相手が畳みかけるように蹴りと突きを連打してくるのを読んでいた。

アキヤマは、相手の蹴りと同時に一歩前に出て、蹴ってくる足に向かって膝を合わせた。

これは、防御と同時に攻撃になる。こちらも多少、膝の痛みは我慢しなければならないが、相手のすねには、すさまじいダメージが残る。

相手がひるんだ。その瞬間に、シド・アキヤマは、相手の頭を両手でかかえ、左右の膝蹴りを、連続して叩《たた》き込んだ。

相手の鼻と口から血が飛び散った。

グレーのスーツの男は、急にぐにゃりと体勢を崩した。膝から下に、もう力が入っていない。

「こんなものか……」

アキヤマは、つぶやきながら、その体を横に投げ出した。そして、相手の頭が、地面に落ちる直前、サッカーのボールを蹴るように、とどめを刺した。

ちょうど、その男の体が、突進しようとしていたブレザーの男にとって障害物となった。

アキヤマは、それを計算して相手を投げ出したのだ。

ブレザーの男は、たたらを踏んだ。

アキヤマは、その隙を見逃がさず、相手の右腕を左手で、左の肩を右手で取って、思いきり腰を入れて投げを打った。

ブレザーの男は、すさまじい勢いで宙に弧《こ》を描いた。

アキヤマは、そのまま自分の体も投げ出した。相手を地面に叩きつけると同時に、自分の全体重を浴びせようというのだ。

肩から突っ込めば、相手の肋骨《ろっこつ》は、確実に折れる。

しかし、敵もそれを読んでいた。

ブレザーの男は、空中でコンパクトに体を畳み、最大のダメージだけは避けた。

そして、地面で鋭く体をひねり、アキヤマを逆に投げ出した。

アキヤマは、跳《は》ね起きた。

そのときには、相手も起き上がっていた。

アキヤマは、こちらの男のほうが力量が上だと悟った。空手に加え、柔道の心得もある。それも、きわめて実戦的な柔道だ。

ふたりは、対峙《たいじ》した。

そのとき、昏倒《こんとう》していたグレーのスーツの男が、かすかなうめき声を上げた。

ほんの一瞬、ブレザーの男は、同僚に気を取られた。

アキヤマは、一気に飛び込んだ。

相手は、反射的に腰を落として、右の逆突きを発した。

アキヤマは、その手首をつかんだ。

間髪入れず、その腕をまたいだ。相手に尻を向ける恰好になる。その体勢から、ふくらはぎで相手の顎を引っ掛け、あおむけになる。

相手もあおむけに倒れた。その瞬間に、十字固めが決まっていた。

投げ技、固め技だけに限るなら、世界で最強といわれる格闘技、サンボの『首刈り十字固め』という技だった。

十字固めで腕を締め上げられたブレザーの男は、苦痛のうめきを洩らした。アキヤマは、容赦なく、さらに締めをきつくした。

ブレザーの男は、目をむき、大きく口をあけてあえいだ。その口の端から、唾液《だえき》が流れた。

「言え」

アキヤマは、日本語で言った。「自衛隊か」

ブレザーの男は何もこたえようとしない。

アキヤマは、ふと悲しげな表情を浮かべた。

その瞬間に、ブレザーの男が、くぐもった悲鳴を上げた。男の肘《ひじ》が、鈍い音をたてた。肘は骨折していた。

男の顔色が悪くなっていき、額に汗が浮かび始めた。呼吸が荒くなる。

苦痛のために脳貧血を起こしかけているのだ。

アキヤマは、大きな悲鳴を上げなかっただけ、この男をほめてやりたくなった。

彼は、十字固めを解き、男の上半身を起こして背に回った。

両手で首を固めて言った。

「今度、こたえないと、首を折る。死ぬんだ。おまえも、そして仲間も」

ブレザーの男には、もはや抵抗する意志はなかった。彼は、荒い息をしながら、小刻みにうなずいた。

アキヤマは、もう一度尋ねた。

「自衛隊？」

「……違う……」

「デビル特捜《スペシャル》？」

相手はうなずいた。

「正式《オフィシャル》には？」

「厚生省……特別防疫部隊……」

「コウセイショウ……？」

「そうだ……。ザ・ウェルフェアー・ミニストリー」

アキヤマは、目を細めた。

男は続けて言った。

「ザ・スペシャル・フォース・フォー・プリベンション・オブ・エピデミックス・アンダー・ザ・ウェルフェアー・ミニストリー」

アキヤマは、その日本語訛《なま》りの英語を完全に理解した。

彼は、相手の首のつけねに狙いすまして手刀を叩き込んだ。デビル特捜隊員は気絶した。

倒れたふたりをそのままにして、シド・アキヤマは、急いでその場を離れた。

10

金曜の夜ということもあり、危機管理室の室員の多くはすでに帰宅していた。だが、一部のスタッフは、室長同様に働き続けている。

黒崎高真佐室長は、部屋でひとりの室員の報告を受けていた。

報告を聞き終えると、彼は言った。

「……で、その、有名なアメリカのノンフィクション・ライターであるデニス・ハワードは、どうしてわが国へやってきたのかね」

「わかりません。目下、調査中です。しかし、日本は、現在、アメリカ、フランスと並んでＨＩＶの研究の最先端を行っておりますから、彼の取材のテーマから考えまして、わが国へやってきても、何ら不思議はないかとも思われます」

黒崎室長は、室員を一瞥《いちべつ》した。

それだけで、その室員は、姿勢を正した。「……憶測《おくそく》で発言いたしました。申し訳ありません」

黒崎室長は、恐縮している部下の態度など眼に入らんといわんばかりに、資料を見ながら質問した。

「公安の連中には、この件に、ミュウが関係しているということは、伏せてあるのだろうな」

「そのへんは、細心の注意を払っております。公安には、デニス・ハワードが、左翼運動に影響を与える恐れのある要注意人物ということにしてあります」

「そんなことで動くのか、公安というところは」

「いまだに、共産党を監視する部署があるくらいですからね」

「複雑な気分だな……。まあ、いい。で、その公安の警官が聞き出した、飛田靖子という人物だが……」

黒崎危機管理室長は、手もとの資料を読みながら言った。「なかなかのキャリアじゃないか。こういう人材を遊ばせておくのは、日本にとって大きな損失だという気がしてくる」

「はい」

「飛田靖子は、大学卒業後、小倉幹彦に師事したとある。デニス・ハワードは、来日して間もなく、この小倉のところへ取材に行っている」

「そうです」

「つまり、デニス・ハワードという男は、核心に近づきつつあるということだな」

「そう言えると思います」

「どの程度まで知っているのだろう」

「また憶測で発言することを許していただければ……」

「かまわんよ」

「彼は、世界を回って情報をかき集めています。おそらくは、かなりの事実を知っているのではないかと思われます。例えばミュウ・ハンターの本当の雇い主は誰かというようなことまで……」

これまで黒崎にとって、小倉幹彦もデニス・ハワードも、どうでもいい存在だった。そのため、彼は、おざなりの調査を命じただけで、その問題を頭の隅に追いやっていたのだった。

「よろしい」

黒崎高真佐は命じた。「もう、公安に手を引かせていい」

「わかりました」

「デニス・ハワードの件については、今から私の裁定事項とする。すぐに、敷島くんを呼んでくれ」

室員は、退出した。

敷島瞭太郎は、いつものように、即座に姿を現した。

「お呼びだそうですが……」

「デニス・ハワードの件だ」

そう言って、黒崎室長は、ついいましがた危機管理室員が置いていった報告書を、敷島に向かって押しやった。

敷島は、手を伸ばしてそれを受け取り、読み始めた。

黒崎は、その顔をじっと観察していたが、敷島は、表情をまったく変えなかった。

彼は、報告書を読み終えると、言った。

「先日から、それほど進展があったとも思えませんが……」

「そうかね」

「そう思います」

敷島は、平然と言った。黒崎高真佐に、これだけはっきりものが言える人間は、危機管理室にもいない。

「いや、この間とは大違いだね」

黒崎は、首を振った。「飛田靖子という女性のことをわれわれは知った。そして、何より、デニス・ハワードは、この私に関心を持たせた」

「最初から関心を抱いていただきたかったですね」

「無理を言うな。問題山積なんだぞ」

「それが、なぜ本気になられたのですか」

「このジャーナリストは、核心に迫りつつあることがわかったからだよ。これが、何を意味するかわかるかね」

「危険人物であると同時に、この上ない情報提供者になり得る人物……」

「さすがだな。このデニス・ハワードという男は、世界中を歩いて、ミュウに関する知識をかき集めているはずだ。われわれが知りたいと思っていることをつかんでいるかもしれない。例えば、ミュウの特別な感覚器官の秘密……」

「ミュウが特別な感覚を持っているらしいということすら極秘事項となっています」

「かまわんよ、ここではな……。そして、ハワードは、ミュウ・ハンターについての情報も入手しているかもしれない」

敷島は、うなずいた。

「充分に考えられますね。しかし、この人物が、われわれにおとなしく協力するとは思えないのですが……」

「私もそう思うよ」

黒崎は言った。「だが、何とかしてみようじゃないか」

「なんだって。今、どこにいるんだ。……なに、病院?」

電話口に出た白石達雄が、いつになく大声を上げた。

「どうしたんだ」

土岐隊長が尋ねた。

白石は、受話器の送話口をてのひらでおおって言った。

「シド・アキヤマに尾行を見破られました。ふたりの隊員は、大けがだそうです」

土岐政彦は、手を差し出した。白石は受話器を手渡し、東隆一を見て肩をすぼめた。

「状況を詳しく説明したまえ」

土岐隊長は、受話器に向かって言った。そのあとは、一言も口をきかず、報告に耳を傾けていた。

「わかった」

最後にそれだけ言うと、彼は電話を切った。

「どういうことになっておるのかな」

東隆一が、土岐に説明を求めた。

「ふたりは、青山墓地におびき寄せられ、そこで、素手の格闘となったということです」

「ほう……。それで、ふたりは大けがかね」

土岐政彦はうなずいた。

「ひとりが、意識を取りもどし、自力で救急車を呼んだそうです。片方はまだ意識が戻っていないということです。治療で手間取ったため、報告が遅れたということです」

「シド・アキヤマは、どうなったのかね。ふたりが、それだけのけがだとすると……」

「残念ながら、かすり傷も負っていないということです」

東老人はかぶりを振った。

「ふたりのうち、片方は、レンジャーの資格を持っていたのではないのかな」

「そして、もうひとりは、陸上自衛隊が誇る、わが国最強の部隊、空挺部隊に所属していました」

「やれやれ……。シド・アキヤマというのは、とんでもない男らしいな」

白石は、外出の準備をしていた。

「どこへ行く?」

土岐隊長は尋ねた。

「広尾の、シド・アキヤマの住処です。今、彼はノーマークです。もっとも、格闘から一時間以上経ってますから、やつはおそらく消えてしまっているでしょうがね

「……」

「私も行こう」

東が、年齢を感じさせない、軽やかな動きで立ち上がった。

土岐隊長はうなずいた。

「いいだろう」

ふたりは作戦室を出て行った。

土岐は、すぐに、敷島担当官の机につながっているホットラインの受話器を取った。

「ミュウ・ハンターのひとりと接触？」

敷島は、わずかに眉《まゆ》を寄せた。「それで、どうなったのだね」

土岐は詳しく説明した。

「ひとつのチャンスを潰《つぶ》したわけだ。味噌《みそ》をつけたな」

「さらに悪いことに、敵は、われわれの正体を、隊員から聞き出してしまったのです」

敷島瞭太郎は、思案顔になった。

しかし、すぐに彼は言った。

「かまわんさ。いずれは誰かが嗅ぎつけ、世界中のミュウ・ハンターに知れてしまうことだ。問題は、君の軍隊が、シド・アキヤマという、たったひとりのミュウ・ハンターに対してまったく無力だったということだ」

「大きな反省材料です」

「悠長なことを言ってもらっちゃ困るな。正直なところ、どうなんだね。今の体制で、ミュウ・ハンターに対処できるのかね。君の返事次第では、特別防疫部隊の組織改変をしなければならない。例えば、警察庁並びに、各都道府県の警察機構にげたをあずけるとか……」

「ご安心ください」

土岐は、即座に言って、敷島をさえぎった。「ミュウ・ハンターに対処する組織としては、今の特別防疫部隊が最良であると確信しております。まだ、隊員の意識が低いだけです。今後、これは実戦であるということを、隊員たちの頭に叩き込むことにします」

「君は、今の部隊を組織するときに、奇妙なふたりを参謀として選んだ。あの人達は妥当《だとう》だったのかね」

「そう信じております。任務の性格上、医学の知識のある人間が必要でした。そして、あのふたりは、ただの医者ではありません。最適の人材だと思っております」

「わかった。だが、君の部隊は、まだ何ひとつ成果を上げていない。聞かされるのは、被害報告だけだ。このようなことが、いつまでも続くようだと、私もさきほど言ったようなことを考えねばならなくなる」

「はい」

「土岐くん、くれぐれも頼んだよ」

敷島は、電話を切った。

彼は、机に肘をつき、指を組んだ。両方の親指を、額にあてると、目を閉じてつぶやいた。

「こいつは、戦争なんだ。いまだかつて、人類が遭遇《そうぐう》したことのない戦争なんだぞ」

白石と東が到着したときには、すでに、シド・アキヤマは、部屋をひきはらった後だった。

「ま、こんなもんだろうな……」

白石がつぶやくように言った。

「あの男は、食事を外でしておったようだ」

「そのようですね」

「この付近に行きつけの店があったかもしれない」

「プロが行きつけの店なんか作るもんですかね。それに、ここらに、いったい何軒店があると思っているんですか」

「たいした手間じゃないんだ。運がよければ、警察の連中なら平気でやってのける。今はそれしか手がかりはないんだ。最初の一軒目が目的の店、ということもあり得る」

「わかりました。こんなところに、いつまでいても、埒《らち》が明かないのは確かです。店をしらみつぶしにすることにしましょう」

「写真は持ってるかね」

白石はうなずいて、三枚の写真を、ツイードのジャケットの内ポケットから取り出して見せた。


シド・アキヤマは、六本木のホテル・アイビスに部屋を取った。表通りに面したビジネスホテルだ。フロントは二階にあった。

荷物を部屋に放り込むと、地下鉄ですぐに広尾に引き返した。六本木の隣りの駅が広尾だから、ホテルから六、七分かかっただけだった。

そして、引き払ったばかりのリースマンションを監視し始めた。

デビル特捜が、必ず調べに来るはずだと彼は思っていた。ここで様子を見ていれば、少なくともあと何人かの、デビル特捜のメンバーの顔を知ることができる——彼は、そう読んでいたのだ。

ほどなく、奇妙なふたり組が現れた。

ひとりは、頼りなさそうに見える、現代的な若者、そして、もうひとりは、とっくに現役を引退して当然の老人だった。

ふたりは、建物のなかに入ったと思うと、間もなく外へ出てきた。

彼らは、さきほどの隊員二名とは、まったく違う人種だった。兵士ではあり得ない。厚生省の役人か、それとも、俺にはまったく無関係の人間なのか——シド・アキヤマは迷った。

ふたりは、大きな通りに向かって歩き始めた。広尾から、西麻布の交差点に抜ける通りだ。

シド・アキヤマは、考えたすえに、ふたりを尾行することにした。

その行動を見れば、彼らがデビル特捜かそうでないかは、すぐわかるはずだった。

そして、尾行を始めて数分後、シド・アキヤマは、彼らが何をしているかを知り、ふたりはデビル特捜であると結論づけた。

ふたりは、明らかに、シド・アキヤマが立ち寄りそうな店を訪ね歩いているのだ。

シド・アキヤマは、ふたりの顔と背恰好を頭に叩き込んだ。

本格的な金曜の夜がすでにおとずれている。歩道を行き交う人の数が増え、シド・アキヤマの尾行を助けた。

若者と老人は、辛抱強く店を回った。シド・アキヤマは、半《なか》ば、尾行をゲームのように楽しんでいた。

そして、ついにふたりが『チューン』のある細い路地までたどりついたとき、拍手でもしてやりたい衝動に駆られた。


くたびれ果てていた白石は、もう何の期待も持たず、なげやりに写真を取り出した。

それを『チューン』のバーテンダーに見せた。

「ああ、そのお客さんなら、最近、何度かお見えですよ」

すかさず、東が尋ねた。

「来るときには、いつもひとりでしたか」

バーテンダーは、うさんくさげに、ふたりを見た。

「何です、おたくら。刑事さん？」

「いや、事情があって、彼を探しているんだよ」

東は、そう言って、ポケットから五千円札を抜き出し、バーテンダーに渡した。

「こんなつもりで言ったんじゃないんだけどな……」

バーテンダーは、苦笑して、札をポケットに押し込んだ。「このお客さんね。来るときにはいつもひとりですがね、この店で、お友だちとお会いになることはありましたよ」

「友だち……」

白石が言った。「それ、外国人じゃないか」

「そうです。でかい白人です」

白石は、残りの二枚の写真を彼に見せた。

「この写真のどっちかじゃないか」

バーテンダーは、写真をのぞき込み、うなずいて、ジャック・バリーを指差した。

「間違いない。この人だよ」

白石と東は、顔を見合わせた。

「しばらく、彼らを待たせてもらってかまわんだろうか」

東がバーテンダーに尋ねた。

「そりゃ、一杯飲んでくれりゃ、誰だってお客さんですがね」

バーテンダーは渋った。「面倒が起こるのはごめんですよ」

「だいじょうぶ。そんなんじゃない」

東が、自信たっぷりに言った。

「じゃ、お好きな席へ、どうぞ」

ふたりは、テーブル席に座った。

白石が、東にそっと言った。

「何が、だいじょうぶなもんですか」

「何も起こらんよ。少なくとも、この店のなかではな。さ、早く隊長に電話してきなさい」

11

シド・アキヤマは、『チューン』の外で、じっと出入口の様子をうかがっていた。

デビル特捜のふたりが店に入ってから、三十分以上が経過していた。

シド・アキヤマは、ジャック・〝コーガ〟・バリーが、いつになくあわただしい様子で『チューン』にやってくるのを見た。

アキヤマは、彼が店に入るまえにつかまえた。

「アキヤマ……」

ジャック・バリーは言った。「ずっと、あんたを探してたんだぞ。やっと見つけたあんたの住処は、もぬけの空だった。この店に電話したが、いないという……」

「こっちへ来てくれ」

シド・アキヤマは、裏路地にバリーを引っ張っていった。

「いったい、何ごとなんだ?」

「店のなかに、デビル特捜らしいやつがいる。ふたりだ」

「何だって……。どういうことなんだ」

「ついさっき、俺を尾行するふたり組に気づいた。俺は、そのふたりにちょっと挨拶《あいさつ》をしたというわけだ。そうしたら、そのうちのひとりが、丁寧に自己紹介をしてくれた」

「そのふたりに同情するな。それで……?」

「やつらは、思ったとおり、デビル特捜だった。日本のデビル特捜は、厚生省の管轄だそうだ」

「厚生省……。なるほど、そいつは盲点だったな。すぐに厚生省を調べてみることにするよ」

「そのふたりの知らせを受けたのだろう。別のやつらがやって来て、今、この店で俺たちを待ち受けているというわけだ」

「それを、あんたがここで面白がっている」

「……で？　何の用があって、俺を探していたんだ」

「飛田靖子だ。彼女は、日光へ向かったらしい。おそらくミュウからの連絡があったのだろう。山へ行く服装だったということだ」

「彼女に監視をつけていたのか」

アキヤマは、不愉快になった。そのことを自分で驚いていた。

「当然だろう。それだけじゃない。ギャルク・ランパの動向がようやくつかめたんだ。やつも日光にいるらしい。これは絶対に偶然じゃないぜ。ランパのやつは、なぜか、脱走したミュウを見つけるのがうまい。あいつの行く先には、必ずミュウがいるというわけさ」

「日光というのは、どのあたりだ」

「東京から、北へ約百マイルといったところだな。山のなかだよ」

「だろうな」

「ミュウは、有名な山に向かう。いつか、あんたは、なぜかと尋ねたことがあったな」

「理由がわかったのか？」

「俺は考えた。これは、日本の山岳信仰に関係があるんじゃないか、とな」

「山岳信仰……？」

「そう。日本の古い信仰だ。神道の基礎となった原始的な信仰でもあり、日本の仏教を独特なものに変化させた根強い宗教でもある。つまり、日本の有名な山は神そのものであり、聖地なんだ」

「ギャルク・ランパがいたら喜びそうな話だ。だが、俺は信仰だの聖地だのといったものには興味はない」

「興味を持つさ。頭を使えよ。もし、俺の考えが正しいとしたら、ミュウを見つけるのはそう難しいことではなくなってくる」

シド・アキヤマは、『チューン』の出入口から眼をはなし、バリーの顔を見た。

「つまり、古くから聖地とされている、有名な山を探せば、ミュウを見つけられるということか」

「その可能性は大きくなるだろう。ギャルク・ランパが、ミュウを見つけ出すのがやたらにうまいのは、そのへんに理由があるんじゃないかと思ってね。ラマ教も、山岳信仰と深い関わりがあるからな」

「それで、日光にはそういう山があるのか」

「よく訊《き》いてくれた。あるんだよ。関東地方でナンバーワンの霊峰が。男体山というんだがね」

「よし。行き先は決まった。さて、それで、問題は、店のなかのデビル特捜の連中をどうするかだ」

「顔は知られているんだろうな……」

「俺が尾行されたくらいだ。あんたの面だって割れているさ」

「こっちは、むこうの顔をまったく知らない。これは不公平というものだ」

「ちょっと、挨拶していくかい」

「そうだな」

ジャック・〝ゴーガ〟・バリーは言った。「俺は、たいへん礼儀正しいんだ」

うなずいて、シド・アキヤマは『チューン』の入口に向かった。バリーは、黙ってそのあとに続いた。

白石達雄は、戸口のほうを見て、東隆一老人にうなずきかけた。

「来ましたよ。ふたりそろっておでましです」

「ほう……」

東老人は、そっと入口近くのカウンターを、盗み見た。

「シド・アキヤマといっしょにいるのは、ジャック・バリーに間違いありませんね」

「そのようだ。大きな男だな。知恵も働きそうな顔をしておる」

「人相も見るんですか」

「中国人の生活の知恵だよ」

「あなたは、日本人になったんじゃなかったのですか」

「日本人の処世術と言い直そう」

シド・アキヤマとジャック・〝コーガ〟・バリーは、出入口近くのカウンター席に座り、酒を飲み始めた。

シド・アキヤマは、ウイスキーをストレートで飲み、バリーはビールを注文していた。

ふたりとも、一度も店の奥のほうを見なかった。

彼らは、秘密めいた雰囲気で、何ごとか話し合っていたが、三十分ほどで店を出た。ふたりいっしょに店を出るのは、これが初めてだったが、白石や東がそれに気づくはずもなかった。

白石と東は、うなずき合って立ち上がり、出口に向かった。

白石が、大急ぎで会計を済ませ、階段を駆け登った。東が先に地上で待っていた。

「あっちだ」

東老人が指差した。

白石と東は、シド・アキヤマとジャック・バリーを尾行し始めた。

アキヤマとバリーは、まったく無警戒に見えた。

「やつら、気づいていますね」

白石が言った。

「当然だろう。うちの隊員とやり合ったすぐあとなのに、まだこのへんをうろついている。それに、ふたりとも、たのんだ酒をほとんど飲んでいなかった」

「僕たちを人目のないところへ連れていって、さっき隊員たちにやったのと、同じことをするつもりでしょう」

「……で、どうするね」

「せっかくのデートの誘いです。断る手はないでしょう」

「あまり長生きできるタイプじゃなさそうだな、おまえさんは……」

「医者の不養生ってね……。日本じゃ昔からそういうことになってるようです。東さんこそどうなんです」

「私なら、もう充分生きたよ」

シド・アキヤマは、さきほどと同じく、青山墓地に入っていった。戦うなら、知っている場所がいい。

彼は、ジャック・バリーにそっと言った。

「俺が合図したら、あんたは左へ走れ。俺は右へ行く。木を利用して回り込み、やつらの退路を断つんだ」

「オーケイ。戦いの現場では、あんたがリーダーだ」

それから約五十メートル進んだとき、アキヤマが軽くバリーの腕を叩いた。

その瞬間に、アキヤマは、バリーから離れて木立ちのなかへ飛び込んだ。

同時に、ジャック・バリーも反対方向にダッシュしていた。

アキヤマは、木々の陰に身を隠しながら、攻撃をしかけられる場所を確保した。デビル特捜のふたりは、背を合わせるようにして、立ち尽くしている。

(老いぼれに、頼りない若造か……)

シド・アキヤマは思った。(これは、あまり楽しめそうにないな)

シド・アキヤマの神経は、瞬時に研ぎ澄まされた。彼の五感のすべてが、そして、五体のすみずみまでが、戦いのための装置と化した。

彼は、うんざりするようなけだるい日常から、また、戦場へもどってきたのだ。その喜びに、叫び出しそうだった。

シド・アキヤマは、どこの戦場でも尊敬され、そして、恐れられた。戦場こそ、彼の生きる場所だった。

墓地の木立ちのなかは暗かった。

しかし、道をはさんだむこう側の林にバリーが潜んでいることが、アキヤマにはわかった。

彼の五感は、さきほどから、常人には信じがたいほどに高まっている。今の彼は、真っ暗闇でも不自由なく歩き回ることができた。

デビル特捜のふたりは、まったく見当違いの方向を見ている。

（少なくとも、さっきのやつらは訓練を受けた兵士だった）

彼は、心のなかでつぶやいた。ふたりを見ていると、闘志が鈍るのだった。（だが、しかたがない。おまえたちは、俺の敵に回ったのだ）

アキヤマは、木立ちの陰から飛び出した。老人の背後から飛びつき、首に右腕を回そうとした。

ほぼ同時に、ジャック・バリーの巨体が、向かい側から突然現れるのを見た。

いいタイミングだとアキヤマは思った。これなら、このふたりを殺すも、捕まえて、何かためになる情報を聞き出すも、自由自在だと考えていた。

彼の右腕はすでに、老人の首に巻き付こうとしている。あとは、左腕をそえて、てこのように使い、絞りあげてやるだけだった。

そのとき、アキヤマは、鳩尾《みぞおち》にショックを感じた。

たいした痛みではなかった。ボディーブローくらいでは手をゆるめたりする彼ではない。

だが、次の瞬間、おかしなことが起きた。膝の力が抜けてしまったのだ。

老人の首が、アキヤマの両腕の間からするりと抜けた。

彼は、天と地が入れ替わるのを感じた。重力がなくなってしまったような奇妙な感覚だった。

次の瞬間に、腰と背にしたたかな衝撃を感じた。彼はうめいた。

そのとき、初めて、老人に投げられたのだということを知った。柔道の投げとはまったく違っていた。

アキヤマは、柔道やサンボの投げなら知っていた。必ずどこかを引っかけられたり、跳ね上げられるのを感じるものだ。それがまったくなかった。

老人は、三メートルばかり離れたところに、ひっそりと立ち、無表情にアキヤマを見つめていた。

アキヤマは、期待を持って、バリーの姿を探した。

しかし、ジャック・バリーは、逆転打を打てそうになかった。

彼は、若い軟弱そうな男に腕を決められ、地面に膝をついていた。太いバリーの腕が、みごとにかんぬきに固められ、びくとも動かなかった。

関節技に力はいらない。タイミングとポイントがすべてなのだ。

アキヤマは、呪《のろ》いの言葉をつぶやいた。

彼は、自分の戦闘能力を熟知していた。この危機は、チャンスに変えられる――アキヤマは、自分にそう言い聞かせた。

にわかに、闘志が湧き上がってきた。彼は跳ね起きた。立ち上がったときは、もう格闘にそなえて身構えているはずだった。

地面が傾くのを感じた。

両足に、まだ力が入らないのだ。理由がわからず、シド・アキヤマは、とたんに不安に見舞われた。彼は、立っているのがやっとだった。

東老人が、かすかに笑った。

老人は、英語で言った。中国人訛りのある英語だったが、たいへん流暢《りゅうちょう》だった。

「どうだ。思うように動けまい。老いぼれが相手で油断したか」

アキヤマはこたえなかった。

相手が優位に立っているとき、言葉を交すのは絶対に避けなければならない。ますます相手のペースにはまってしまうからだ。

アキヤマは、老人が何をしたのか、うすうす感づいていた。

シド・アキヤマは、格闘技のエキスパートだ。世界の格闘技、そして武術に通じている。

老人が使った武術は、修得するのにあまりに年月がかかり過ぎるため、彼が身につけるのをあきらめたものだった。

中国武術の奥義《おうぎ》、『点穴《てんけつ》』と『発勁《はっけい》』だ。『点穴』とは、いわゆるツボを突く技法であり、『発勁』とは、筋力だけでなく、全身の回転やうねり、そして呼吸法を利用して、相手を打つ技法だ。

『発勁』のすさまじい威力を、アキヤマは知っていた。その破壊力は、体の表面を通り抜け、まるで波が伝わるように、身体の奥までおよぶ。

アキヤマは、鳩尾にある何かのツボに『発勁』を見舞われたことを悟った。

『点穴』をされると、回復までに、かなりの時間がかかる。早くて二、三時間。悪くすれば、一週間もダメージが残ったままになる。

それればかりか、『解穴法《かいけつほう》』というツボごとに異なる、独特の治療法をほどこさなければ、そのまま回復しないこともあるのだ。

アキヤマは、攻撃の失敗を認めかけていた。

実戦的な格闘技は、確かに多くの場面で役に立つ。しかし、中国武術の真の奥義を極めた者に対しては無力と言っていい。

たとえ、それが、枯れ枝のような老人でもだ。

そのとき、鈍い、いやな音がした。

かすかな音だったが、アキヤマには何の音かすぐにわかった。聞きなれた音だった。

アキヤマは、思わずバリーのほうを見た。その眼には、怒りがこもっていた。シド・アキヤマは、若いデビル特捜の男が、バリーの関節を脱臼《だっきゅう》させたと思ったのだ。

しかし、そうではないことは、すぐにわかった。

バリーが、若い男の下から、するりと抜け出し、驚いた顔をしている相手に、見事な三日月蹴りを見舞ったのだ。

三日月蹴りは、前蹴りと回し蹴りのちょうど中間の蹴りで、きわめて実戦的な技だ。

若い男は、蹴られた脇腹をおさえて、二歩、三歩とあとずさった。

バリーが落ち着いて、左手で右の二の腕を持ち、外れた右肩を入れ直すのが見えた。

そのあとすぐに、バリーが右腕をぐるぐる回すのを見て、アキヤマは自分の眼を疑いたくなるような気分だった。

デビル特捜のふたりも驚きの表情をしているのに気づいた。

バリーは、デビル特捜のふたりが動くより、一瞬早く、左手と右手を同時に、小さく一閃《いっせん》させた。

外灯の光を受けて、何かが光った。

バリーと、アキヤマをはさんで正反対の側にいた老人と若者が、同時に驚きの声を上げた。

見ると、鉛筆ほどの長さの、まっすぐな金属が、ふたりの腕に突き刺さっていた。バーベキューの金串を、太く短くしたようなものだった。

バリーの使う手裏剣だった。

「なんてざまだ、アキヤマ」

バリーは、シド・アキヤマに手を貸した。

「だいじょうぶだ。何とか動けるようになってきた」

アキヤマの回復は、思ったより早かった。老人が、不充分な体勢で技を使ったせいだとアキヤマは思った。

「ここは、逃げるしかなさそうだ」

バリーが、デビル特捜のふたりを交互に睨みながら、つぶやくように言った。

「逃がしてくれるならな」

「やってみよう」

バリーが、ジャケットの内ポケットに左手を差し込み、次にその手を振り上げた。

バリーの手には、手裏剣が握られていた。

バリーが、若者を狙ったとき、相手の若者が、バリーとそっくりの動きをするのを、アキヤマは見た。

反射的に、アキヤマは、バリーの巨体に体当たりをしていた。若い男が、何かを投げるのを、視界の隅に捉《とら》えた。

それは、冷たく光ってアスファルトの歩道に突き刺さった。

外科用のメスだった。

(こいつだったのか)

地面に膝をつき、アキヤマは、若い男の顔を見つめた。

穂高岳のふもとで、メスを投げて、正確にアキヤマの肩と腕に命中させた男——アキヤマは、今、その男を発見した。

バリーは、歩道のうえで一回転し、起き上がると同時に、手裏剣を投げた。アキヤマは、その鮮やかな動きに、ほとんど感動していた。

しかし、若者はさらにアキヤマを驚かせた。

彼は、手に持った短いメスで、投げつけられた手裏剣を弾《はじ》いたのだった。鋭い金属音が響いた。

アキヤマは、バリーが呪いの言葉をつぶやいたのを聞いた。

「近づいてきたときが、唯一のチャンスだ」

アキヤマは、バリーに囁《ささや》いた。バリーは、眼だけで了解したことを告げた。

若い男がメスを投げようと身構えるのを見て、アキヤマが言った。

「待て。われわれに勝ち目はないようだ。君たちはデビル特捜だな。これ以上、抵抗はしない」

「無抵抗でも、僕らは、おまえたちを片付ける。おまえたちが、ミュウにそうするように」

若い男のほうが、見事な英語で言うのが聞こえた。

シド・アキヤマは思わず歯ぎしりをした。彼は、『点穴』されたツボの回復具合いを冷静に判断した。

両膝は、八分どおり動きそうだった。

これなら何とかなる――彼がそう思ったときだった。

突然、バリーが大声を上げて、若者目がけて突進していった。

やや遅れて、シド・アキヤマも、行動を起こした。

アキヤマと老人の距離は、約三メートル。一気に詰められる距離だった。

アキヤマは、老人の一メートル手前で跳躍《ちょうやく》した。素早く、二段蹴りを放っていた。

中国武術では、二起脚《にききゃく》と呼ばれる大技だ。

彼は、実力者相手に、跳躍を用いるような大技を使うのは危険であることを知っていた。

それは、自ら墓穴を掘る愚行だった。

しかし、彼は何とか老人の意表を衝きたかった。

老人は、円を描く足さばきで、連続する二本の蹴りをかわし、アキヤマの着地を待った。その瞬間に、カウンターとなる突き、あるいは『発勁』を見舞ってくるのは明らかだった。

アキヤマは、着地と同時に、地面に体を投げ出した。そのまま両足で、老人の両足を前後からはさむ。そして、体をひねった。

老人は、地面に投げ出された。アキヤマは、すかさず、その腹に、踵《かかと》を落とした。どのくらいのダメージを与えたかはわからない。彼はその場から逃げることだけを考えていた。

急いで起き上がり、若い男のほうをちらりと見る。若者は倒れて、弱々しく頭を振っていた。バリーの猛烈なタックルをくらったのだ。

バリーはすでに姿をくらましていた。

アキヤマは、木立ち目がけて懸命に駆けた。

彼は、後ろを振り向くことさえしなかった。

12

「じゃあ、何ですか。僕たちが必死で戦っているとき、隊員たちは、物陰からこっそりとのぞいていたというんですか」

白石が、土岐隊長に言った。土岐はうなずいた。

「私が命令したんだ。何が起ころうとも、絶対に手を出さず、尾行だけに専念しろ、と」

「まいったな。僕たちは、囮《おとり》に使われたわけだ」

「なに、君たちの腕を信じていたまでさ」

珍しい隊長の軽口を聞き、白石は、意外そうな顔をした。

東老人が、白石に言った。

「それが隊長の作戦だったのだよ。作戦は、うまくいっている。それでいいじゃないか」

土岐隊長は、白石から電話連絡を受けると、すぐに西麻布一帯に、特別防疫部隊の隊員を配備したのだった。

シド・アキヤマとジャック・バリーは、現在、それぞれ二名ずつの隊員によって尾行、監視されていた。

今のところ、定期的に連絡が入り、監視はうまくいっていた。

「しかし、君たちが手を焼くとはな……。相手は素手だったのだろう」

隊長は、思案顔で言った。

「正確に言うと、ジャック・バリーは、手裏剣を何本か持っていましたがね……」

隊長は、ふたりの腕に巻かれた包帯を眺《なが》めた。

「面目ない。こちらにも油断がなかったとは言えない」

東老人が言った。「素手なら負けぬという自負があった」

「自負があって当然でしょう」

隊長は言った。「その腕を見込んで、私はふたりを選び出したのだから……。しかも、この部隊の中心となる人物は、医学の知識がどうしても必要だと私は考えた」

「医者が、けが人や死人を作って歩こうってんだから、どうしようもないね」

白石が肩をすくめた。

「ともかく、相手のだいたいの実力はわかったわけだ」

隊長は、ふたりの顔を交互に見て言った。

「そう……。正直言って、あいつらとは、二度と会いたくありませんね」

白石が言った。

「ほう……。君は自信家だとばかり思っていたんだが……」

「知新流手裏剣術と、古流柔術については自信があります。それに、どんなけがでも、患者が生きている限り、メスですっぱりとやって、縫《ぬ》い合わせる自信もあります。でも、戦いの結果というのは、相手によるんです」

「今、相手の実力がわかったと言わなかったかね」

「わかりましたとも。何をやるか見当もつかないやつらだということがわかったんですよ。僕は、ジャック・バリーに、鷹羽《たかは》締《じ》めという関節技をかけました。プロレスでいうチキンウイングです。両方の肩をぴたりと固めていたのです。普通なら、これで動きようがないんですよ。ジャック・バリーは、何をしたと思います？　自分で自分の右肩の関節を外したんです。あんなの、人間じゃありませんよ」

土岐隊長は、少しばかり興味ありげな表情を見せた。

白石は、まだしゃべり続けていた。「子供のころ、よく、忍者漫画で見ましたけどね……。縄で縛られた忍者が、関節を外して抜け出すというのを。子供のころは、そんなことも可能だろうと信じていましたよ。でも、医者の勉強をしてそんなことはあり得ないのを知ったのです。人間は、脱臼の痛みに耐えられるようにはできていないのです。ましてや、自分で自分の肩を脱臼させ、それを入れるやいなや、平気で動かすなんてことは、整形外科の常識じゃ考えられないんです」

東老人が静かに言った。

「西洋医学では信じられないことだろうが、人間の体や神経というのは、型にはまったものではなく、いかようにも変化し得るものなのだよ。ジャック・バリーは、本当に忍者として修業を長年積んだようだな」

白石は、反論しかけてやめた。東老人が、シド・アキヤマに対して使った不思議な技のことを思い出したのだ。

白石は、好奇心を覚え、東に尋ねた。

「そう言えば、あのとき、シド・アキヤマが動けなくなりましたっけね。いったい何をやったのですか」

東老人は、自分の鳩尾を指差した。

「ここには、いろいろなツボが集まっていてな……。中国では、ツボのことを『穴《けつ》』というのだが……」

「そう。外科的にいえば、そこには太陽神経叢という、神経の網のようなものがあります」

「私は、そこの『当門穴《とうもんけつ》』というツボを突いた。この技法は『点穴』といってな。いろいろな突きかたがある。まず、指で突くやりかたがある。人差指を折り曲げ、その関節で突く方法もある。この握りかたを『鳳眼拳《ほうがんけん》』と呼んでいる。おおとりの眼のような形をした拳という意味だ。また、手だけでなく、足の爪先で突くこともあるが、足は、手ほど正確ではないので、よほど熟練しないと、これはできない」

「知ってますよ。日本の古武道にも、『当て身』というのがありますからね。『当て身』は、西洋のパンチとはまったく違ったものです。あれは拳でツボを突く技です。今では、正確な『当て身』を伝えている武術は、ほとんどなくなってしまいましたがね」

「私は、『鳳眼拳』を使って、膝への気の流れを断ったのだよ」

「そいつがわからないんですよ。その『気』とかいうものが……。いくら人体をかっさばいてみても、そんなものは見つかりゃしません」

「まったく、外科医というのは野蛮な人種だな。いいかね。いくら死んだ人間の体を切り開いたところで、気は見つからん。気は、いわば、生命活動の流れなのだから」

「実体のないものを信じろと言われましてもね……」

「どうしても、科学的な解説が必要というなら、気というのは、体内のイオンの流れと考えてはどうかな。体内のカリウムイオンやナトリウムイオンは、神経繊維のなかを通っていくインパルスを生み出す。この神経繊維を通る電気信号こそ、生命活動の証《あかし》だからな。これなら、おまえさんにも理解できるだろう」

「そういうことならね……。あやうく忘れるところでしたよ。東さんは、医学博士だったんですよね。つまり、西洋医学も勉強されたわけだ」

「長い間、生きているからね。いろいろなことをやらないと退屈でやりきれなかったろうよ」

電話が鳴り、ふたりの話をぼんやりと聞いていた土岐は、瞬時に集中力を取りもどした。彼は、二度目のベルの途中で受話器を取った。

彼は、うなずいただけで、電話を切った。

続いて、またすぐにベルが鳴った。

土岐は、まったく同様に、相手の話を聞くだけで、受話器を置いた。白石と東に言った。

「定時の連絡だ。今のところ、シド・アキヤマも、ジャック・バリーも動きはない」

白石は、首を左右に大きく動かして、骨を鳴らした。

「きょうは、もう帰ってもいいでしょう。ここんとこ、ろくに自分の家にも帰ってないんです」

土岐は言った。

「いいだろう。だが、自宅で待機していてくれ。東さん、あなたもです」

「どこにも行きゃしませんよ。もう、くたくたなんだから……。うちで寝てますよ」

「私は、ここにいてもいいがね。どうせ、うちに帰ってもひとりだ」

土岐は、しばし考えた。

「そうしてくれると助かります。交替で眠ることができるので……」

「休息や睡眠も大切な武器のひとつ——そういうわけですな」

「そのとおりです。休息をおろそかにすると、必ず戦いの最中にツケが回ってきます」

「それじゃあ……」

白石が、戸口に向かった。「お教えのとおり、休息を取りに帰宅することにします」

六本木、ホテル・アイビスの一室で、シド・アキヤマは何をすべきかを考えていた。

すでに、充分に落ち着きは取りもどしていた。

彼は、ベッドから立ち上がり、ドアを細く開けて、廊下の様子をうかがった。ドアを閉めると、ロックを確認した。

窓から、すぐ下の道路は見えない。

怪しい人影は、見ていないが、尾行がついていると考えたほうがいい——アキヤマはそう思った。

彼は、トランクを部屋の隅から引き出してきて、ベッドの上に置いた。

鍵を解き、トランクを開くと、なかに入っていた衣類や小物をすべてベッドの上に出した。

ナイフを使って、空になったトランクの底を外すと、ウレタンフォームで固定された、黒光りする銃身が見えた。

バレルを抜いて、ふたつに分けた。キャリコM100自動小銃とは別に、拳銃《けんじゅう》があった。チェコスロバキア製のセミ・オートマチック・ピストル、Vz83だった。

比較的新しい型の拳銃としては珍しく、オール・スチール製の中型ピストルだった。最近の自動拳銃は、フレームが軽合金化される傾向があった。そのほうが、加工費が安く上がるからだ。

また、グロック17の発売以来、プラスチック・フレームの拳銃も増えつつあった。グロック17は、すばらしい拳銃だった。軽量で、過酷な気象条件にも耐えた。部品数の合計が二十五点と、構造も単純なため、取り扱いが楽で、故障も少なかった。何より、九ミリ・パラベラム弾を、一度に十七発も装塡《そうてん》できるというのは、発売当時では画期的なことだった。

グロック17は、多くの国の軍隊や警察に、正式に採用され、ひとつのブームを作った。

しかし、銃に慣れたプロフェッショナルたちの人気を集めていたのは、プラスチック製や軽合金製の拳銃ではなく、この昔ながらの黒く光るオール・スチール製のVz83だった。

たった百グラム重くなるだけで、銃の跳ね上がりはずいぶんと少なくなるのだ。

この拳銃は、左手で扱うときもまったく不自由のないように、完全に左右対称に作られている。セイフティー・レバーや、マガジン・ストップのボタンも、左右まったく同じ形になっていた。

装弾数も、マガジンに十五発、薬室を加えると、計十六発と、グロック17などと比べても遜色《そんしょく》ない。

シド・アキヤマは、愛用のＶｚ83の、フィールド・ストリッピングを始めた。

彼は、暗闇のなかでも分解・組立てができるほど、この銃になじんでいた。

点検・掃除を終え、銃を組み直したとき、電話が鳴り、アキヤマを驚かせた。

彼は、しばらく考えたすえに、受話器を取った。

「よう、元気か」

陽気な声が聞こえてきた。相手は英語でしゃべっていた。

「やはり、あんたか、バリー」

「お互い、ひどい目にあいましたな、指揮官どの」

「どうして、俺がここにいることを知ってるんだ」

「あれ……。あんたに聞いたんじゃなかったっけ……」

アキヤマは、うんざりとした表情でかぶりを振った。

「わかったよ。あんたの情報網には、脱帽だ、バリー」

「今夜のあんたは、いいとこなしだったな」

「俺の指示が悪かったのは認める。だが、敵の力量がわからなかったのだから、しかたがない」

「確かに手ごわいやつらだ。あれが、本当に厚生省の人間なのか。日本の厚生省というのは、いったいどんな役所なんだ？」

「問題はそれだ、バリー。最初に俺が相手をしたふたりは、明らかに軍隊式の訓練を受けた連中だった。日本で言えば、自衛隊しか考えられない。だが、やつらは下っ端だ。その次に現れた老人と軟弱そうな体格をした若者——やつらのほうが、格が上のようだ。あのふたりは、どう見ても自衛隊などとは無関係だ。普通に考えると、自衛隊の訓練を受けた人間のほうが、ずっと手ごわいはずだ。だが、そうではなかった」

「あの若いほうの手裏剣の腕は、俺とほぼ互角だ。しかも、俺にあっというまに関節技をかけた武術の腕もそうとうなものだ」

「老人の中国武術のレベルもたいへん高いものだった。あそこまでマスターできる人間は、おそらく、百人にひとりもいないだろう」

「日本人は、東洋の利点をおおいに生かして、デビル特捜を組織したようだな」

「おそらく、責任者は一筋縄ではいかない人物だろう。それを調べ出すのが、あんたの仕事だ、バリー」

「わかっている。だが、日光の件も急がねばならない。飛田靖子は、もうミュウに会っているかもしれない。ギャルク・ランパのやつは、せっかくデビル特捜と戦っておきながら、ミュウどもをわざと逃がしちまうという、わけのわからんやつだからな。

それに、当局が俺たちより先に、ミュウのところへたどりつく可能性だってないわけじゃない。ミュウが収容所に連れ戻されたら、俺たちは、手が出せない」

「わかっている……。いいだろう。こちらは、いつでも出発できる」

「オーケイ。じゃあ、明日の朝、出発だ。ふたりがいっしょに東京を発《た》つのはまずい。現地で待ち合わせをしよう」

　ジャック・バリーは、待ち合わせの場所と時間を指定した。

　アキヤマは、素早くメモを取った。

「バリー。注意しておきたいことがある」

「何だ……」

「俺たちは、尾行されているかもしれない。今も、監視がついているような気がするんだ」

「あり得んことじゃないな」

「俺たちは、その尾行者を日光まで引っ張っていくことになる」

「わかっているよ、アキヤマ。男体山で、一戦交える可能性があると言いたいのだろう。そんなことは、もとより覚悟のうえだ。デビル特捜が相手ということになれば、ギャルク・ランパもこちらの側についてくれるよ」

「ランパのことは、期待しないことだ。なにしろ、目的がはっきりしないやつだから」

「おい、俺がそんなに頼りない相棒に見えるのかな。忠告はありがたいが、度を越すと、気に障《さわ》るもんだぜ」

「用心に越したことはない。それが言いたいだけだ」

シド・アキヤマは、電話を切った。

13

一夜明けて、飛田靖子は、早朝に旅館を発った。

彼女は、地図を片手に、男体山と大真名子山の間の谷を渡る道を進んでいた。

靖子はもくもくと歩いた。

やがて、その道は、男体山、大真名子山、子真名子山、女峰山の山頂を結ぶ登山道にぶつかった。

手紙によると、ミュウたちが隠れているのは、男体山の登山道を少し登って、右手のほうの林へ入ったあたりだった。

　しばらく山道を登り、彼女は立ち止まった。山林に入ってしまえば、ほとんど目印はなくなってしまう。もとの登山道に戻れるという保証もないのだ。

　彼女は、それほど山に慣れているわけではなかった。

　しかし、そこで戸惑ってはいられなかった。

　何人かのミュウが彼女を待っているはずだった。

　彼女は、登山道をそれて、山林に分け入った。

　林は、杉と、ブナ、シイ、カシの混交林だった。枯れた下生えは、足にまつわりつき、高い木の枝の間を行き交う灌木の細い枝や、ヤマウルシの蔓《つる》などが視界をさえぎった。

　二十分ほど、彼女は林のなかを進んだ。

　林に入るまえの不安は、今では消え去っていた。

　彼女は、手紙をくれた実香という名のミュウの意識を、近くで感じるような気がしていた。

　靖子は、ミュウたちに会えることを確信して、林のなかを進み続けた。

　ギャルク・ランパは、ブナの木の太い枝の上に座り、じっと目を閉じていた。

　彼は、ミュウの意識パターンを簡単に発見することができた。そのわけは、彼にもわからない。

　だが、ランパは、ミュウに近づくと、不思議になつかしい気分になるのだった。ミュウのなだらかな意識の流れが、リンポチェと呼ばれる高僧たちのそれとよく似ているせいだと彼は考えていた。

　彼は、深い瞑想《めいそう》に入っていった。すると、いつもの安らぎにも似た雰囲気が、彼の意識のなかに流れ込んできた。

　人間の意識というのは、人によって偏《かたよ》りがあり、そのいびつさのせいで、集団になると多彩な感じがする。

　しかし、ミュウは違っていた。

　ミュウの意識は、普通の人間に比べて、共通する領域が、たいへん広いのだった。複数のミュウがいると、意識は重なり合って、多彩なのではなく、多重だという印象を受けるのだった。

　ランパは、今、その重なり合って広がる、凪《な》いだ海のような、ミュウの集団独特の意識パターンを感じ取っていた。

　すぐ近くにミュウがいるのは確かだった。

ランパは、しばらくそのまま、ミュウたちの意識を眺めていた。

すると、静かな水面に小石が投げ込まれたように、波紋が広がっていった。

ひとりのミュウが何かを感じ、それが周囲のミュウたちに伝わっていったのだとランパは思った。

彼は目を開けた。

ミュウが動き出す。

今からは、目を開いて、周囲を観察すべき時間だった。

ランパの眼は油断なく光った。山で生きるギャルク・ランパにとって、木の枝や葉の不自然な動きを見つけるのは簡単なことだった。

山の斜面の草木が動いた。

ランパは、そこに注目した。すると、洞窟《どうくつ》の入口が、ぽっかりと口を開けた。

木の枝や下生えで、巧みにカムフラージュされていたのだった。

そこに、ひとりの少女が姿を現した。

明らかにミュウだった。ランパは、ミュウの隠れ場所を発見したのだった。

少女は、林のなかを危げない足取りで歩き始めた。

ランパは、そのほっそりとしたシルエットが、実に繊細で美しいと感じていた。

彼は、ミュウの少女のあとをつけようかと考え、結局やめることにした。いずれ、彼女は、あの洞窟に戻って来なければならないのだ。

ランパは、黙って待っていればいいのだった。

そして、彼は、あくまでもミュウたちに干渉したくはないと考えているのだった。

彼は、ひとつ大きく深呼吸をした。

確かに、ここはミュウにふさわしい土地だと思った。ギャルク・ランパは、男体山の霊気を吸い込んだのだった。


飛田靖子は、実香が近づいて来るのがわかるような気がしていた。

彼女は、ミュウたちが、一度心を通い合わせた者と無言のコミュニケーションを行うことをよく知っていた。

それは、言ってみれば、コミュニケーションのバイパスのようなものだった。

その能力を、テレパシーだと言う者もいたが、靖子は、それほどおおげさなものとは考えていなかった。

彼女は、人間が進化の途中でなくしてしまった能力のひとつではないかと思っていたのだ。

　自然界に住む動物たちは、言葉や顔の表情といった表現手段を用いずに、豊かなコミュニケーションを行っている。ミュウのコミュニケーションのありかたは、むしろ、そういったものに近い気がするのだった。

　やがて、彼女は、行く手に誰かが立っているのに気がついた。

　誰であるかは、すぐにわかった。

　靖子は、下生えをかきわけるようにして、そこまで急いだ。

　ミュウの少女、実香は、ほほえんだ。

「迎えに来ました」

「わかっていたわ。来てくれるということが」

「本当によく来てくださいました」

　男体山は、コニーデ型火山だったので、活火山時代に、ガスや水蒸気が吹き抜けた風穴があった。

　ミュウたちが隠れていたのは、そうした古い風穴のひとつだった。

　実香は、靖子をその洞窟へ案内した。

　洞窟のなかは暗かった。

　岩肌はかわいていて、足もとが滑るようなことはなかったが、飛田靖子にとっては、歩行が困難なほどだった。

ミュウの少女は、それに気づかないのか、まったく明るい場所を歩くのと同じ足取りで先を歩いていく。

靖子は、今さらながらまったく信じられない思いがした。実香というミュウの少女は、目が不自由なのだ。

それなのに、行動には、まったくぎこちなさは見られない。靖子あての手紙も、間違いなく、彼女自身が書いたものだった。

靖子は、実香が、普通の人と同じく読み書きができるのを知っている。彼女は、眼以外の感覚器で見ているらしかった。

「ちょっと待ってちょうだい、実香ちゃん。そんなに早くは歩けないわ」.

ほっそりした少女の影が立ち止まった。彼女は振り返った。

「ごめんなさい。うっかりしてたわ。ここ、暗いのね」

はかなげな声だった。しかし、靖子にとっては、どこか心なごむような、暖かみのある声音だった。

靖子は、リュックサックのなかに、湯沸かしの燃料兼用のロウソクがあるのを思い出した。

「明かりをつけてもかまわない？」

「もちろん」

靖子は、リュックサックを降ろし、ロウソクを取り出して、マッチで火を点《とも》した。

洞窟のなかが、赤みがかった光で、ぼんやりと照らし出された。大小の岩の影が揺れている。

靖子は、洞窟の奥を透かし見て、思わずほほえんだ。

ミュウたちが、ひと固まりに寄り合っていた。

ロウソクに照らし出されたミュウの集団は、羅漢《らかん》像のような気高さを感じさせた。

ミュウは、全部で十二人いた。

そのなかで、飛田靖子がいた研究所から逃げてきたのは、三人だけだった。あとは、ほかの施設からやってきたのだった。

彼らはみんな若かった。ミュウが生まれ始めてから、まだ十八年しかたっていないのだ。

初対面の九人を、実香が紹介した。

ミュウたちは、すぐに靖子を受け入れた。

靖子はさっそく、エマージェンシー・ブランケットをあるだけ取り出した。全部で五つあった。

ミュウたちは、さっそくそれを広げ、ふたり、あるいは三人ずつ身を寄せ合って肩からまとった。

さらに靖子は、自分の古着を実香に手渡した。

「今はこんなものしか持って来られなくて、本当に申し訳ないんだけど……」

「とんでもない。みんな、心から感謝しています」

ひとりの少年が、言った。

「僕たちに会いに来てくださること自体が、とても危険だということを知っています。本当に、何と言っていいのかわからないほどです」

彼はトオルと名乗った。この十二人のなかでは、リーダー的な役割を果たしているのだと実香は説明した。

飛田靖子は、エマージェンシー・ブランケットにくるまったミュウたちを見て、心から彼らを救いたいと思い、そのために無力感を覚えた。

洞窟の外で、ギャルク・ランパは考え込んでいた。

ミュウを保護しようという団体は世界中にある。もともと、デビル特捜は、アメリカのそういった団体のひとつから生まれた。

しかし、脱走したミュウと直接関わりを持つ人間は珍しかった。それが、若い女性となるとなおさらだった。

ランパは飛田靖子の人相風体《にんそうふうてい》を頭に刻み込んだ。


危機管理室の黒崎高真佐室長は、全力を上げて、飛田靖子の足取りを追っていた。彼は、警視庁並びに道府県警察本部の力を利用した。しかし、あまりに、手がかりがなさすぎた。

「彼女は山へ出かけたらしい」という情報しかないのだ。

彼は室員のひとりに、警察をはじめとするあらゆる情報収集機関を指揮する権限を与え、飛田靖子の問題に対処させていた。

黒崎室長は、朝一番で彼を呼んだ。

「手がかりは？」

「まったく進展はありません」

「彼女は、どこの山へ出かけたんだ。信州か？　箱根か？　日光か？」

「わかりません。何かひとつでも糸口がつかめるといいのですが」

「見つけるのだ」

黒崎は言った。「今のわれわれには、彼女の情報が絶対に必要なのだ」

六本木の夜明けは、さわやかな一日の始まりではなく、享楽の夜の終わりを意味していた。

ネオンが消えて、朝日に照らされた街並みは、灰色のひどく薄汚れた正体をさらしている。

歩道を歩く人々は、皆、ひどく疲れきって見えた。

終電車がなくなるまで遊び続けた少女の集団が、地下鉄の駅に向かい始めている。片仮名の職業を持つ男女や、自由業を気取った人々が、ふらふらと歩道をさまよい、タクシーを拾おうとしている。

ホテル・アイビスのまえに路上駐車したセドリックのなかで、特別防疫部隊の隊員は、その気の滅入るような光景を、ぼんやりと眺めていた。

相棒は、無言で、ホテルの出入口を見つめている。

六本木の夜明けを、苦々しく眺めていた隊員は、一刻も早く交替が来てくれることだけを祈っていた。

時間は、ひどくのろのろと過ぎた。

やがて、すっかりと日は昇り、交通量が増えてきた。

歩道から、夜を引きずった人々の姿は消え去っていた。代わって、通勤着姿の男女が、足早に行き交い始めたが、土曜の朝なので、普段より、その数は少ない。

隊員は、口のなかが苦く、舌がざらついていた。

まぶたが、ぼうっと熱く、腋の下にはいやな汗が染みている。

シャワーを浴びたいと切実に思った。

ついに、彼は口に出して言った。

「おい、交替はまだ来ないのかな……」

「もうじきだろう……」

気のない返事だった。

ふたりとも疲れきっているのだ、と彼は思った。

彼も自衛隊レンジャーの資格を持っていた。

レンジャーの試験は、約八十人のなかから、二十人ほどを選抜するという、厳しいものだ。

訓練の最終段階では、声を上げて泣き出す者も珍しくはない。それだけに、その資格は誇り高いものだった。

その、日本で最高レベルの戦闘員たちも、今は、くたびれて情けないありさまだった。

彼は、独り言のように言った。

「早く帰って、眠りたいよ」

「……そうもいかなくなったようだ」

相棒の声は、緊張を含んでいた。

彼は、さっと身をシート深く沈めた。

「出てきたのか」

「ああ……。俺たちゃ、ついていないらしい」

「そうかな。当たりクジだぜ」

「車を置いて、徒歩で尾行しよう」

「わかった……」

彼は、シド・アキヤマの後ろ姿を確認した。そして、つぶやいた。「ぼやくのは、よそうぜ。レンジャー魂を見せてやろうじゃないか」

ふたりは、アキヤマを尾《つ》け始めた。

これは病気のようなものだ、とシド・アキヤマは思った。

彼は、ふたりの尾行者に気がついていた。巻こうと思えば、もちろんできた。しかし、アキヤマは、このまま尾行を日光の男体山まで連れていこうと考えていた。

それによって、自分とジャック・バリーの身の危険が増すのは明らかだった。

しかし、彼は尾行がついていることで、むしろ、ほっとしているのだった。

これで、デビル特捜と戦うことができる――彼は、そう考えているのだ。

彼にとって、デビル特捜との戦いだけが、無抵抗のミュウを殺戮《さつりく》することへの免罪符なのだ。

だが、本当にそれだけか――彼は自問した。

そうでないことは明白なのだ。

彼は、今ではそのことを受け入れようとしていた。

シド・アキヤマは、戦いなしでは生きていけなくなっているのだ。

銃声と炸裂《さくれつ》音。

硝煙《しょうえん》と、銃身のオイルが焼けるにおい。

立ち昇る黒煙と、舞い上がる土埃《つちぼこり》。

弾雨のスリルと、腕のなかで跳ね上がる自動小銃の手ごたえ。

それらすべてが、シド・アキヤマの人生になくてはならないものになっているのだ。

これは珍しいことではなかった。

かつて、アメリカは、ベトナム・シンドロームという深刻な社会問題を抱え込んだことがあった。

ベトナム帰還兵の多くが、激しい精神的失調に悩み続けていたのだ。

自殺者はあとを絶たなかった。

しかし、生き甲斐《がい》を見つけた者もいた。傭兵となって、再び戦場に戻った者も少なからずおり、彼らは生き返ったのだった。

それが、彼らにとって最良の解決法だったかどうかは、誰にもわからない。

ただ、それ以外の解決法を見つけ出すのが、たいへん困難だったことだけは事実だ。

シド・アキヤマは、銀座駅で、地下鉄日比谷線から、銀座線に乗り替えた。銀座線で浅草まで行き、浅草から東武線の特急で日光へ向かうのだった。

銀座駅で、アキヤマは、まだデビル特捜の尾行がついているのを確認した。

彼は、もう一度心のなかでつぶやいた。

(これは、一種の病気だ)

灰色の重たい霧のなかで、耳障りな電子音が鳴り響いていた。

白石達雄は、目覚ましのボタンを押して、この音を止めなければ、と思いながらも、動けずにいた。

しかし、鳴っているのは、目覚まし時計ではなく、電話だった。

彼は、はっきりしない頭で、ようやくそのことに気づいた。

急速に目が覚めていった。

白石は、起き上がり、ベッドの脇に置いてあった電話に手を伸ばした。

受話器を耳にあてるなり、土岐隊長の声が響いてきた。

「シド・アキヤマが動き出した。至急、こちらへ来てくれ。出動準備だ」

「どこへ向かっているのですか」

「日光方面へ向かう模様だということだ」

「日光……。尾行の連中は、どこにいるんですか」

「現在は、東武浅草駅にいる。シド・アキヤマの最終目的地を確認したら、また、連絡が入る。その段階で出動する。戦闘装備でだ」

「ジャック・バリーのほうは？」

「車で東京を発った。その後、追跡者からの連絡は入っていない。詳しいことは、こちらへ来てから説明する」

「わかりました。腹が痛いとか、頭が割れそうだとか言っても、許してくれないでしょうね」

土岐隊長は、こたえずに電話を切った。

白石は、熟睡したおかげで、昨夜よりは、格段に気分が軽くなっていた。

そして、何よりも彼は、戦いをまえに、高揚し始めていた。


敷島瞭太郎は、土岐から知らせを受けると、すぐさま部屋を出て、危機管理室内を横切り、黒崎の部屋のドアをノックした。

部屋に入って行くと、黒崎は、書類から眼を上げずに尋ねた。

「何だね」

「特別防疫部隊から連絡が入りました。シド・アキヤマとジャック・バリーが動き出したということです」

「それで……」

「シド・アキヤマは、日光へ向かった模様です」

黒崎室長は、ゆっくりと顔を上げた。

「日光……」

彼は、すぐにインターホンで室員を呼んだ。

戸口に現れた室員に黒崎は即座に言った。

「日光だ。飛田靖子の足取りについて、日光周辺で徹底的に訊《き》き込みをやるんだ」

「わかりました」

ドアが閉まった。

敷島担当官は言った。

「私も、まったく同様のことを考えておりました」

「誰だってそう思うさ」

黒崎は、何ごとか思案しながら言った。「うまくすれば、飛田靖子の足取りは、今日中にはつかめるだろう。それがわかった段階で君にやってほしいことがある」

「デニス・ハワードですね」

「そうだ」

敷島瞭太郎はうなずいた。

「やってみましょう」

黒崎は、それで敷島がすべてを了解したことを知った。彼は書類に眼をもどし、敷島は部屋を出た。

14

東武日光駅を降りると、正面にバス乗り場が並んでいた。

シド・アキヤマは、駅から出ると左へ進んだ。

駅前のロータリーをゆっくりと見回す。車種は聞いていないが、バリーがここでアキヤマを拾う手筈《てはず》になっていた。

人通りは少なくはなかった。日光の紅葉は盛りを過ぎたものの、まだシーズンの最中だった。

アキヤマは、駅前のロータリーのような場所に、自分の身をさらしていることに本能的な不安を感じた。

どこから現れたのか、ランドクルーザーがアキヤマの目のまえに止まった。

運転席で、ジャックがにやにやしていた。

アキヤマは、即座に乗り込んだ。

「こいつで東京から来たのか」

「そうだ。俺にぴったりの車だろう」

「尾行は？」

「もちろんついていた。だが、撒いたつもりだ。今は、姿が見えない。そっちはどうだ」

「どうかな。ゴキブリはどこにでもいる」

バリーは鼻で笑っただけだった。

アキヤマを信頼しているのだ。彼は、地図を開いて道を確認している。

「どこまで車で行けるんだ？」

「男体山のふもとまで行ける。楽なもんだ」

バリーは、ギアを入れ、車を出した。


アキヤマを尾行してきた、ふたりの特別防疫部隊の隊員は、アキヤマが車に乗り込むのを見て、大急ぎでタクシーを探した。

アキヤマとバリーは、いろは坂を登った。

ふたりの特別防疫部隊の隊員を乗せた、黒いタクシーは、慎重にそのあとをつけた。

「お客さん、警察ですか」

運転手が尋ねた。

「そうじゃないよ」

「面倒事に関わるのはごめんですよ」

「だいじょうぶだ。決して迷惑はかけない」

隊員は、つぶやくように付け加えた。

「安全だよ、あんたはね」

ランドクルーザーは、そのまま いろは坂を登り切り、中禅寺湖の菖蒲《しょうぶ》ケ浜《はま》に向かった。

菖蒲ケ浜にはキャンプ場があり、夏はたいへんにぎわうのだが、この季節はひっそりとしていた。

バリーは、キャンプ場の駐車場に車を入れた。

タクシーは、駐車場の手前の路肩に停車した。

ふたりのデビル特捜隊員は、バリーとアキヤマの様子を観察した。タクシーの運転手は事情がわからず、ぼんやりとフロントガラス越しに前を見ている。

バリーは、タイガーストライプの野戦服のズボンをはいており、上は厚手のセーターを着ていた。今、その上に、カーキ色の陸軍式ジャケットを羽織ろうとしていた。

アキヤマは、チノクロスのズボンに、ネルの登山シャツ、そして、空軍用のジャンパーという恰好だった。

ふたりとも、しっかりとしたジャングルブーツをはいていた。そして、同様のリュックサックを背負うと、国道を横切り、男体山に向かってトレッキングを始めた。

「どうしたもんかな……」

隊員は、相棒に尋ねた。

「行き先はこれではっきりした。これ以上俺たちがここにいても、できることはない。これからは時間の勝負だ」

「よし。電話のあるところまで引き返そう。隊長に、ふたりは男体山に入ったと報告するんだ」


陸上自衛隊市ケ谷駐屯地の敷地内にある、厚生省特別防疫部隊の作戦司令室は、緊張した沈黙に支配されていた。

土岐隊長と、白石、東、その他六名の隊員がいたが、誰も口をきこうとはしなかった。

すでに、状況説明《ブリーフィング》は終わり、外には、民間のマークの入ったヘリコプターＨＵ－１

Ｈが待機している。

ＨＵ－１Ｈは、米軍では『イロコイ』と呼ばれ、自衛隊では『ひよどり』と名づけられている。

陸上自衛隊の『ひよどり』は、ＨＵ－１Ｂの呼び名だったが、ＨＵ－１Ｈは、それを改良した機種だ。

輸送できる兵員は、ＨＵ－１Ｂが七名なのに対し、ＨＵ－１Ｈは、十一名になっている。

また、離昇出力が、千百馬力から千四百馬力へ、そして、最大速度も、時速百八十八キロから時速二百十四キロにアップしている。

作戦司令室内の沈黙を破って、電話の電子ベルの音が響いた。

ある者は、土岐隊長の顔に視線を飛ばし、ある者は、電話を見た。

二回目のベルの途中で土岐は、受話器を取った。

彼は黙って報告を受けると、相手をその場で任務から解放した。

森林用の迷彩野戦服に身を固めた隊員たちは、命令を待って隊長の顔を見つめた。

彼らは、ニューナンブ57型オートマチック拳銃をベルトに下げ、肩に、Ｍ16自動小銃をかけている。

背には、野営行軍用の装備を背負っていた。

（こいつはやっぱり、本物の戦争だ）

部下たちの姿を眺め、白石はそう思っていた。（本物のサバイバルゲームだ）

東は、無言で装備を点検していた。

隊長が、一同を見回して言った。

「敵は、日光の男体山に入った。ただちに、出動だ」

土岐は、白石を見た。発言を求めているのだ。

白石は言った。

「安心してけがをしていい。どんな傷でも、この俺が縫い合わせてやる。ただし、命だけは落っことしてくるな。スペアの持ち合わせはない」

土岐は続いて、東老人を見た。

東がうなずいた。

「さあ、諸君。ピクニックだ」

土岐隊長は改めて言った。

「よし。ゴーだ」

三分後、特別防疫部隊の隊員九名を乗せたヘリコプターが舞い上がった。

シド・アキヤマとジャック・バリーは、いいペースで進んでいた。

ふたりとも足取りは、たいへんしっかりしている。

シド・アキヤマは、傭兵として、とても人間が住めないような場所に辛抱強くひそんで、戦い続けた経験が何度もあった。

ジャック・〝コーガ〟・バリーは、滋賀県の方々の山をわたり歩き、人間の能力を超えた修業を積んだ。命をかけた修業だった。

忍びの修業は、土遁《どとん》の術や水遁《すいとん》の術といった目くらましが中心なのではない。

第一に、脚力や、跳躍力、持久力、腕力などの体力。次が、木から木へ飛び移ったり、とんぼを切ったりという身の軽さ。そして、独特の格闘技をまず身につけるのだ。

それから、棒、剣、杖《じょう》といった武器を学び、手裏剣、まきびし、熊手といった暗器の修練をする。

山の世界でドグスリと呼ばれる火薬を使用したり、催眠術《さいみんじゅつ》を使ったり、また、木の葉や薬品を利用したりといった、いわゆる『術』を学ぶのは、修業の最終段階だった。

つまり、シド・アキヤマにとっても、ジャック・バリーにとっても、これくらいの山歩きは、散歩に等しいということだった。

ふたりは、それぞれ独自のやりかたで、ミュウの残した痕跡《こんせき》を探していた。

それは、まさにハンターが獲物を追いつめていく冷静で熟練された作業だった。

シド・アキヤマは、ジャングルのなかで、ゲリラの足取りを追うことに慣れており、したがって、火をたいた跡とか、ごみをまとめて埋めたところなどを探して歩くのだった。

一方、ジャック・〝コーガ〟・バリーは、忍者らしく、自然のなかに残った痕跡を巧みに発見するのだった。

山菜や茸《きのこ》を取った跡は、すぐにわかる。

草を踏んだかすかな跡があれば、バリーには、どんな動物が通ったのかが、だいたいわかるのだった。

人間が一番わかりやすかった。つまり、ミュウもわかりやすいということだ。

さらに、その草の倒れた方向で、どちらに進んだ跡かがわかるのだった。

捜索を続けながら、ふたりは、徐々に山を登っていった。

「けっこう時間がかかりそうだ」

シド・アキヤマが、周囲を見回して言った。

「ふたりでフルに探し回っても、三、四日はかかるかもしれない」

ジャック・バリーは首を振った。

「どうして、あんたはそういつも悲観的なんだ？　やつらは、この山にいることは確かなんだ。あと一時間もほっつき歩けば、やつらに出っくわすこともあるとは、どうして考えられないんだ」

「あんたは、飛田靖子とギャルク・ランパがこの山に来たと言った。だから、ミュウがこの山にいるという話も、いちおう納得しよう。だが、いったい、どのあたりにいるんだ？　山裾《やますそ》か？　中腹か？　山頂か？　北側か？　南側か？　東側か？　西側か？」

「おい、アキヤマ。あんた、いつもひとりで仕事をやってきたんだろう。ひとりのときもそうやって、ぐちをこぼしていたのか」

「さあな……。いつもは、ぐちを聞くやつがいないから気がつかなかったよ」

「まあいい。とにかく、ひと休みしよう。温かいココアでも飲めば、気分も落ち着く」

バリーがリュックサックを降ろした。

そのとき、シド・アキヤマが、右手でバリーの動きを制し、首を巡らせた。

「何だ……」

バリーが尋ねた。

アキヤマは、自分の唇に人差指を立てて、空を仰いだ。

その姿を見て、ジャック・バリーも、耳を澄ました。

「ヘリコプターだ……」

アキヤマがつぶやくように言った。

「何も聞こえんぞ」

「機械音に関しては、おそらく、俺のほうが敏感だ。そのおかげで、俺は戦場で生きのびてきたんだ」

「なるほどな……。だが、民間のヘリかもしれん。それに、この林のなかに隠れていれば、ヘリから見つかる心配はない」

アキヤマは、曖昧《あいまい》にうなずいた。

自分が、故意にデビル特捜の尾行を日光まで引っ張って来たなどとは、口が裂けても言えない。

「そうだな……。だが、やり過ごすに越したことはない」

「ああ。慎重にやるのは、俺も賛成だ」

やがて、バリーの耳にも、ヘリコプター独特の、空気をリズミカルに叩くような爆音が、確かに聞こえてきた。

「驚いたな……」

バリーはつぶやいて、空を見上げた。「あんたの耳は、レーダー並みだ」

青い空は、木々の枝で寸断されている。

その一画に小さく光る点が見えた。

小さな光は、今、徐々にはっきりとしたヘリコプターの形に見え始めていた。

「だいじょうぶ。ここにいれば、相手が誰だろうと見つかりっこない」

バリーは、自分に言い聞かせるように、もう一度、同じことをつぶやいた。

アキヤマは、無言で、ヘリコプターを凝視していた。

やがて、ヘリコプターは、マークが見えるほど近づいてきた。

ヘリコプターは、青と白に塗り分けられて、民間航空会社のマークが描かれている。

「見ろ」

バリーは、指差して言った。「民間の輸送会社だ。心配することはない」

アキヤマは鼻で笑った。

「ばかな……。あのヘリを見ろ。イロコイだぞ。あんなすごいヘリを持っている民間企業なんかあるものか」

「じゃあ、わざと民間のマークをつけているというのか」

「そう考えたほうがよさそうだ」

「イロコイといえば、ベトナム戦争で最も活躍したヘリコプターだ。そいつを持っていて、身分を隠す必要がある連中……。デビル特捜しか考えられないな」

「そうだろうな」

「俺たちを追って来たのか……」

「そうとは限らんだろう」

シド・アキヤマは、平然と言ってのけた。「この山には、ギャルク・ランパもいるはずだ。そして、ミュウたちもいる。デビル特捜は、そのことを嗅《か》ぎつけてやってきたのかもしれん」

「そうだな……。まあ、どっちにしろ、空から俺たちを見つけるのは不可能だ。見ろ。行っちまうぞ」

バリーが言った。

そうかな、とアキヤマは思った。

ヘリコプターが、まっすぐ自分たちのほうへ飛んできたのは、偶然とは思えなかった。

　自分を尾行してきた連中の連絡によって、ヘリコプターがやってきたのに、ほぼ間違いないと、彼は考えていた。

　しかし、彼は決してそれを口に出さなかった。その代わりに言った。

「あの型のヘリは、十一名の兵士を運ぶことができる。敵は、十人前後はいると見たほうがいいだろう」

　バリーが、ぶつぶつと呪いの言葉を吐いた。


「いました。ふたりです」

　厚生省特別防疫部隊の隊員が、カラーテレビのブラウン管のようなモニター装置を見ながら、言った。

　ヘッドセットを通して、土岐、白石、そして東が、その声を聞いた。

　隊員がのぞいていたのは、最新式の熱源センサーだった。わずかな熱源を察知し、そのパターンをコンピューターが構成し直して、画面に表示する。

　隊員は、ヘリコプターのなかから、森林のなかに潜む、ふたつの人間のパターンをはっきりと発見したのだった。

彼は、素早くその位置を地図に描き込み、土岐に手渡した。

「あと十五分間、偵察飛行を続行する」

土岐は、地図をその隊員に返して言った。

「二十分後に、ロープ降下だ」

土岐の声は、ヘッドセットのマイクを通じて、全員に届いた。

彼は続いて、副操縦士に命じた。

「無線を電話回線につないでくれ。敷島担当官を呼び出すんだ」

副操縦士は、うなずいて、すぐに手続きを取った。

ヘッドホンから、カチリという電気的な接続音が聞こえ、続いて、敷島瞭太郎の声が聞こえてきた。

「どうした？」

「獲物を発見しました」

土岐は言った。「二十分ほどしたら、狩りに出かけます」

「わかった。いいみやげを期待している」

電話は切れた。

十分ほどして、突然、熱源センサーのモニターを見ていた隊員が、大声を上げた。

「何かの集団がいます」

「人間か?」

土岐がすかさず尋ねた。

「人間と思われます。十名以上います。確認できただけで、十三名……。いや、待ってください……。約、五十メートル離れたところに、もう一名います」

土岐は、東と白石の顔を見た。

「どう思う?」

白石に尋ねた。

白石は、センサーを扱っている隊員のほうを向き、ヘッドセットを通して言った。

「十三匹の猿がいるんじゃないのか?」

「この辺、猿がいるんですか?」

「多いんだよ」

隊員は、再びモニターを見つめた。

「いや、猿じゃありません。大きさが違います」

白石は、土岐と東の顔を見た。

「だとしたら明らかですね」

東はうなずいた。

「ミュウの集団に間違いない。シド・アキヤマと、ジャック・バリーはそれを嗅ぎつけたんだ」

「ひとつだけ離れているというのは？」

白石が言った。自分の言葉にぞっとしたような顔をしている。

「ギャルク・ランパかもしれない」

土岐隊長は、つぶやいてから、大声で命じた。「ロープ降下だ。今すぐ。急げ」

ヘリコプターは、速度を落とし、ホバリングを開始した。

後部ドアが開け放たれ、ロープが降ろされる。

木々は、ヘリコプターのローターが起こす、すさまじい風になぶられ、波打ち、色とりどりの葉が一面に舞った。

特別防疫部隊の隊員たちは、次々とロープを伝って、森林のなかへ果敢に降下していった。

「やれやれ……だ」

そうつぶやくと、白石も、ロープを滑り降りていった。

東老人は、まったく年齢を感じさせなかった。きびきびした動作は、若い隊員たちと変わらない。ロープ降下も難なくこなした。

その様子を見届けてから、土岐は、満足げにひとりうなずいた。

隊長が、最後に降りた。

副操縦士が、ロープを収納し、後部ドアを閉ざした。

たちまち、ヘリコプターは、エンジン音を上げ、飛び去った。


ミュウたちは、洞窟から出て、煮炊《にた》きを始めていた。

ギャルク・ランパは、離れた木立ちの枝の上からその様子を眺めていた。

ヘリコプターの爆音が聞こえてきたとき、ランパは、不吉なものを感じていた。

彼は、ミュウたちが、用心深く、急いで洞窟に戻るのを見届けた。

ランパはいつでも枝づたいに移動できるように体勢を整えておいて、何が起こるのか、見物しようとしていた。

15

隊長は、森林のなかへ降り立つと、センサーを見ていた隊員がつけた地図の印をたように、すぐさま前進を命じた。

先頭に立つのは、白石グループの元自衛隊員だ。彼もレンジャーの資格を持っていた。

彼らがまっさきに目指しているのは、ミュウたちがいた場所だ。

「地図によると、このあたりと思われます」

先頭に立っていた隊員が言った。

「そのようだ」

土岐隊長が言った。「火をたいた跡がある」

彼は、その周囲の捜索を命じた。

洞窟の入口はすぐに発見された。

土岐のグループが、その洞窟へ入った。

東を含めた三人は、その洞窟の周囲の歩哨《ほしょう》に立った。

白石たち三人は、周囲の林の斥候《せっこう》に出た。

土岐は無言で洞窟内を進んだ。手には、強力なマグライトが握られており、前方を明るく照らしている。

左前方と右後方にいる隊員は、M16自動小銃を構えている。

マグライトの光の輪のなかに、人影が浮かび上がった。

土岐は立ち止まった。

ミュウたちは、身を寄せ合っていた。

異様に細い手足、前方に突き出た額――そして、その額には、例外なくこぶのような隆起が見られた。

土岐は、思わずぞっとした。

一瞬、彼は、地獄絵図の餓鬼たちを思い出したのだった。

彼は、そのミュウたちのまえに、ひとりの女性が立ちはだかるのを見た。

若い女性だった。マグライトの強烈な光をまっすぐに睨《にら》み返している。

土岐は、その女性のことを、敷島担当官から聞いて知っていた。

「飛田靖子さんですね」

土岐は言った。靖子はこたえなかった。

「安心してください。われわれは、ミュウの味方です。したがって、あなたにとっても味方ということになる」

「味方ですって……」

靖子は言った。「あなたがた、デビル特捜ね……」

「そう。そう呼ぶ人もいます」

「デビル特捜がミュウの味方ですって？　まさか、本気で言ってるのじゃないでしょうね」

土岐には、靖子の反応は意外だった。彼はわずかに困惑した。

「本気ですとも」

「冗談じゃないわ。ミュウの味方なんて、いないのよ。現にあなたがたは、ミュウを捕まえに来たのでしょう」

「何を誤解されているのかわかりませんが、われわれがここに来たのは、ミュウを守るためです」

「守るため？　どんな危険があったというの」

「もちろん、ミュウ・ハンターです。現在、この男体山には、三人のミュウ・ハンターが潜伏しているのです。そのひとりは、あなたたちから、わずか五十メートルしか離れていないところにいたのです。われわれは、それで急いで駆けつけたというわけです」

「三人のミュウ・ハンター」

靖子の表情が初めて不安げに曇った。

「残るふたりは、まだ、ここに気付いてはいないようですが……」

そこまで土岐が言ったとき、チャンネルをオープンにしてあったトランシーバーに、入感があった。

斥候に出ていた白石からだった。

「『猟犬の一号』。こちら『猟犬の三号』。聞こえますか」

「聞こえているぞ」

「獲物を二匹、発見。こちらに近づきつつあります。距離は、約一キロ」

「わかった。洞窟のまえへ戻ってくれ」

土岐はトランシーバーをしまいながら言った。

「聞いてのとおりです。ミュウ・ハンター二名が、こちらに近づきつつあるようです。味方か敵かという議論をしている暇はなくなりました。非常に危険ですから、絶対にこの洞窟を出ないでください。ここにいる限り安全です。それは、われわれが保障します」

土岐は、ふたりの隊員とともに来た道を引き返した。

靖子は、その足音をじっと聞いていたが、やがて、崩れるように、地面に座り込んだ。

「『獲物』を洞窟に近づけないようにする」

隊長が一行に命じた。「左手百メートルのあたりで、布陣する。よし、行け」

特別防疫部隊は、いっせいに散った。

敵を待ち伏せるとき、各グループの役割はあらかじめ決まっていた。

東のグループは、スナイパーの係だった。東隆一は、約百メートル置きに、狙撃手を配置した。

「位置についたよ」

東が土岐に無線で知らせてきた。

「そこから、洞窟が見えますか」

「見える。やつらがどちらへ行こうと狙撃できる」

「気になるのは、もうひとりのほうです。ギャルク・ランパというミュウ・ハンターだったら、戦いに入ったとたん、チャンスとばかりに、洞窟へ侵入するかもしれません」

「わかった。そっちも用心していよう」

白石のグループは、敵をおびき寄せる役だった。

派手に自動小銃を撃ちまくりながら、次第に、東の敷いた、狙撃手の包囲陣のなかに敵を誘い込むのだ。

白石からも、位置についたという無線連絡が入った。

「『猟犬の三号』、くれぐれも無茶をするな」

「わんわん」

白石の声だった。

土岐隊長は、自分のグループの片方に命じた。

「ひとりは、洞窟入口付近の歩哨をやってくれ。私たちはふたりで行く」

「了解」

土岐のグループは遊軍だった。

戦場を縦横に動き回り、包囲陣から洩れた敵を倒したり、白石グループの支援に回ったりする。

彼らは、訓練どおりすみやかに動き、シド・アキヤマとジャック・バリーを待ち受けた。

シド・アキヤマが立ち止まった。

彼らふたりは、火をたくにおいに気づいて、北の方角に進んでいた。

「気になるな」

アキヤマはつぶやいた。

「さっきのヘリコプターのことか？」

「それもあるが、どうも、妙な気分だ。首筋がぞくぞくする」

「どういう意味なんだ？」

「よくないことが待ちかまえてるってことさ」

「罠《わな》だというのか？　あり得んことじゃないな」

「ひかえ目な言いかただ」

「だがな、アキヤマ。日本には、虎《とら》の穴に入らなければ、虎の子を手に入れることはできないという諺《ことわざ》があるんだ。火をたいていたのはミュウたちかもしれない」

「なるほどな……。だが、それは日本のではなく、中国の諺だろう」

「なぜ、そう思う？」

「日本に虎はいないはずだ」

「とにかく、行ってみなけりゃ、罠かどうかわからない」

「わかった。俺にコースを選ばせてくれ」

「いいとも」

ふたりは、慎重に前進を再開した。アキヤマが前を歩いた。

アキヤマは、獣道や、灌木の間の比較的下生えの少ないような場所、つまり、歩きやすい場所を徹底して避けた。

そういう場所には、ブービートラップが仕掛けられているおそれがある。

ほんのわずかでも、見通しのいい草原などがあったら、必ずそこを迂回して、林のなかを進んだ。

彼は、灌木の茂みのなかを好んで歩いた。岩肌が露出しているような場所には、絶対に近づかなかった。

アキヤマは、わざと辛いコースを選んでいたが、バリーはその理由をよく理解していたので、ひとことも文句を言わなかった。

こういうコースを進んでいると、敵の待ち伏せに合う確率がずっと減るのだ。

そればかりか、潜んでいる敵をこちらが先に発見できることさえある。

岩場を避けたのは、撃ち合いになったときの跳弾《ちょうだん》をおそれたからだ。跳弾のおそろしさはふたりとも充分に知っていた。

岩やコンクリート、厚い鉄板などを背にして撃ち合うのは最も愚かな戦いかただ。

遮蔽物《しゃへいぶつ》があっても、跳弾で十中八九、大けがをしてしまうのだ。

アキヤマは、自分のなかで警戒信号が鳴るのを聞いた気がした。

その理由に気づくほうがあとだった。

左手、約三百メートル先で、何かが光ったのを視界の隅に捉《とら》えたのだ。

明らかに金属の反射だった。

アキヤマは、茂みのなかで地面に片膝をついた。バリーもそれにならった。

「あのあたりに、誰かいる。たぶん、木に登っている。何かが反射するのが見えた」

「木に登っている？　スナイパーじゃないのか」

「そう考えたほうがよさそうだな。大きく迂回しながら、様子を見よう。スナイパーを置いているということは、敵はしっかりと布陣しているということだからな」

シド・アキヤマは、リュックサックを降ろして、なかから取り出したキャリコM100自動小銃を素早く組み立てた。

銃身に並行に取り付ける、独特の多角柱形の百発入りマガジンを装塡した。さらに、もう一つのマガジンを、ベルトの腰のあたりに差し込んだ。

さらに、彼はリュックサックからVz83自動拳銃を取り出し、それもベルトに差し込んだ。

バリーは、おそろしく実用的で、性能がよく、しかもかさばらない銃を取り出した。ポーランド製のミニ・サブマシンガン、Wz63だった。

Wz63は、片手でコッキングして撃ち出すことができる。さらに、セミ・オートマチックとフル・オートマチックの切り替えが、トリガーを引くだけでできるのだった。つまり、トリガーをいっぱいに絞れば、弾丸はフル・オートマチックでばらまかれ、半分だけ引けば、セミ・オートマチックで撃てるというわけだ。

シド・アキヤマは、バリーに言った。

「これは意外だ。あんたは銃を使わないと聞いていたが？」

「あんたも言ってたろう。宗旨変えなんて簡単なものだと……。あんたと組むということは、つまり、俺のやりかたでは通用しない場合もあり得ると考えたわけだ。それで、こいつを都合したのさ」

「ちゃんと使えるんだろうな」

「なに、トリガーさえ絞れば、弾はフル・オートで飛び出すんだ。狙う必要なんかない。いざというときは、得意の手裏剣を使うから心配いらんよ」

シド・アキヤマは、何も言わず、姿勢を低く保って再び、前進を開始した。

ギャルク・ランパは、あたりに満ちてくる、ただならない緊張を感じ取っていた。

空気中の静電気が、うなじのあたりの髪を刺激するような感覚だった。

戦いが近づいているのだ。

ランパは、何をすべきかをよく心得ていた。彼の行動に迷いはなかった。

彼は、跳んだ。

枝から枝へ飛び移り、まるで空を飛んでいるようだった。

彼も、デビル特捜との戦いに参加することを決めたのだ。


シド・アキヤマとジャック・バリーは、山側へ大きく迂回していた。

「どうだ、バリー。何か見えるか」

「見えはせんが、気配を感じるな……」

「気配……？」

「ニンジャの特技のひとつだ。第六感を働かせるのさ」

「それで……」

「あのあたりに、何人かいるようだ」

バリーは、右下を指差した。

その地形を見たとたん、シド・アキヤマの戦術コンピューターが働き始めた。彼の豊富な経験と、膨大な知識のなかから、ひとつの作戦がはじき出された。

彼は言った。

「布陣には理想的な地形だ」

「そうかね……」

「まず、高い木があり、うまく枝が交差している。そのまわりは、灌木の茂みだ。そして、適度な傾斜……。まず、基本的な作戦としては、複数の狙撃兵を、木に登らせる。そして、最前線の連中が、撃ちながら後退し、狙撃兵のまえに敵を引っ張っていく。あるいは、後方に回り込んで、追い込んでもいい。最後は、坂の下の待ち伏せだ。下からマシンガンか自動小銃で掃射する」

「敵が、そういう素直な作戦を立ててくれてるといいがね」

「だいじょうぶだ。素人でない限り、いま言った作戦が一番効果的だということを知っているはずだ。多少変化があるにしても、この方法のバリエーションでしかないはずだ」

「それで、どうすればいいんだね」

「心配するな、バリー。今、俺たちは優位に立っている。ヘリコプターの輸送人員から考えて、敵の総勢は約十名。となると、狙撃兵は、二ないし三名だ。これを片づければ、戦いは、ずっと楽になる。俺は、敵を引き付けながら移動する。その間に、狙撃兵を発見してくれ」

「どっちでやろうか？」

バリーは、右手にミニ・サブマシンガンを、左手に手裏剣を持って、にやりと笑った。

「好きなほうでやるといい。だが、銃を使うときは、撃ったら絶対にその位置にとどまっていないことだ。俺が、派手に動き回る分だけ、あんたのほうは、なるべく、そっと行動したほうがいい」

「なるほど。わかりましたよ、司令官《コマンダー》」

「よし。それじゃ、俺が先に行く」

「アキヤマ。こんなときだが、ひとつ、言っていいか」

「何だ」

「今のあんた、日本で会ってからこれまでのなかで、一番、いきいきとしてるぜ。病気としかいいようがないな」

アキヤマは笑った。

「わかってるさ」

彼は、慎重に斜面を下っていった。

銃撃戦は、突如として始まった。

アキヤマは、先行していた白石グループのひとりを発見し、キャリコM100を、ごく短時間、フル・オートマチックで撃った。

即座に、白石グループの隊員は、撃ち返した。

白石グループのもうひとりが、その音を聞き、M16自動小銃を発射した。

最初に銃声がした灌木の茂み目がけて、二方向から弾丸を撃ち込んだが、もちろん、すでに、アキヤマは、そこにはいなかった。

「『猟犬の一号』から『猟犬の三号』へ。何事だ」

トランシーバーから土岐隊長の声が聞こえてきた。白石はこたえた。

「『猟犬の一号』、こちら、『猟犬の三号』。『獲物』が、牙をむいた。繰り返す。『獲物』が、牙をむいた」

さきほどとは、まったく別の方向から、フル・オートマチックの発射音が聞こえた。

同時に、すぐ近くの枝や梢《こずえ》が、削り取られて、飛び散った。

白石は、思わず首をすくめた。

白石グループの隊員二名は、匍匐《ほふく》前進で白石の脇へやってきた。

「班長。いったい敵は何人いるんでしょうね」

隊員に言われて、白石はこたえた。

「ふたりしかいないよ。それに、今、銃を撃ちまくっているのは、ひとりだけだ」

また、別の方向から、アキヤマの銃弾が飛んできて、木の破片を舞い散らした。

「ひとりですって……。信じられない……」

「こら」

白石は、あきれた顔で言った。「びびってんじゃないよ、まったく。何のために、自衛隊で戦争ごっこやってきたんだ。いいか。散開して、敵の動きを封じるぞ。おまえは、右へ廻れ。おまえは、左だ。さあ、しっかり目ん玉開いて行けよ」

隊員は起き上がり、姿勢を低くして、左右に駆けて行った。

シド・アキヤマは、左右に敵が展開していくのを、冷静に見ていた。草木の揺れかたで、それがわかった。

彼は、右手の敵に向かって、キャリコM100を掃射した。

悲鳴が上がった。

すぐさま、アキヤマは、灌木のあいだを駆け抜け、位置を変えた。

白石は、唇を噛《か》んで、撃たれた部下のもとに駆けつけた。

彼は、メスで、部下の血のにじんでいる衣服の一部を裂いた。銃弾は、脇腹をかすめていた。

消毒薬をまぶし、止血をする。化膿《かのう》止めの錠剤を飲ませて、痛み止めの注射をすると、白石は言った。

「おまえさん、ついてるよ。弾は、脂肪の層を少し削っていっただけだ。ダイエットする手間がはぶけたな」

白石が、応急処置に要した時間は、一分に満たなかった。

隊員がつぶやいた。

「おかしいな。痛みがないんです。何も感じない……」

「ショックのせいさ。実弾くらったこと、ないのか？　そのうち、いやってほど痛み出す。ここでじっとしていろ」

白石は、銃をかまえて、斜面を登り始めた。彼は、前進を止め、草のなかに伏せて、じっとあたりのもの音を聞いた。

アキヤマが撃った。

白石は、その位置を見定めた。彼は、アキヤマが撃ち終わらないうちに、その発射位置めがけてM16を連射した。

アキヤマの銃は沈黙した。

アキヤマは、左肩に被弾していた。彼は、歯を食いしばり、位置を変えた。白石の銃弾が、そのあとを追いかけるように着弾した。

「まだか、バリー」

アキヤマは、声に出してつぶやいた。

その願いが通じたようだった。はるか左後方で、驚いたような悲鳴があがり、重いものが、木の枝を折りながら落下し、地面に叩きつけられる音がした。

アキヤマは、バリーが手裏剣を使ったことを知った。

バリーは、スナイパーをひとり、手裏剣で無力化したが、そのときに、もうひとりのスナイパーに発見されてしまった。

狙撃手は、M16をセミ・オートで使用していた。

一発ずつ正確な銃弾が、バリーを襲った。アサルトライフルのなかでは、比較的射程距離が短いM16だが、それでも、バリーの持っているWz63よりは、ずっと遠くまで正確に弾がとどく。ましてや、手裏剣など論外だった。

バリーは、ミニ・サブマシンガンをフル・オートで掃射しながら、飛び出して、なんとかもうひとりの狙撃手に近づこうとした。

東老人は、別の木の上で、それを待ち受けていた。

彼は、バリーに、正確に狙いをつけて、トリガーを絞った。

バリーの体は、考えるより早く動いていた。彼の、研ぎ澄まされた忍びのセンサーは、無意識で殺気を感じ取っていた。その瞬間に、体が反射したのだ。

巨体に似合わない、素早い動きだった。

彼は、東老人が発した弾丸を、辛《かろ》うじてかわしていた。

弾丸は、額をかすめ、バリーは、その衝撃でめまいを起こした。バリーは、再び、木の陰に飛び込み、そこで動けなくなった。

「まいったな……」

バリーは、そうつぶやいたきり、声が出せなくなった。

銃を構えた、新たなふたりが、掃射による全滅を防げるよう、充分に間隔を取って、近づいてくるのが見えた。

土岐隊長の遊撃班だった。

狙撃手ふたりに釘づけにされ、動けないバリーは、ただ、そのおそろしい敵を、見つめているだけだった。

16

バリーは、意を決して遊撃班と戦おうとした。彼は、地面に伏せたまま、サブマシンガンを掃射した。

とたんに、遊撃班は、二方から撃ち返してきた。

それと同時に、樹上からの狙撃が再開された。

バリーは、完全に孤立していた。

サブマシンガンの連射もむなしかった。

マガジンがすぐ空になる。予備のマガジンをポケットから取り出して銃身に叩き込む。いくつマガジンを取り替えたかわからなくなっていた。

後ろで枯れ草が鳴った。バリーは、反射的に手裏剣を構えていた。

シド・アキヤマだった。

彼は、左肩に、血をにじませていた。

「やられたのか」

「たいしたことはない。様子はどうだ」

「スナイパーのひとりを倒した。あと、ふたりは、まだ木の上だ。あそこと、あそこだ」

バリーは指差した。「そして、遊撃隊がふたり。そっちは？」

「ひとり倒した。ふたりは、こっちへ追ってくる。たぶん、その遊撃隊と合流するだろうな」

「こいつは、負け戦《いくさ》だぜ……。撤退の方法を考えるんだ」

「宗教を持っているなら、その神に祈るんだな」

「逃げ道もないってことか……」

そのとき、狙撃手ふたりが、続けざまに木から転がり落ちた。

アキヤマとバリーは顔を見合わせた。

「ギャルク・ランパだ……」

バリーが言った。

アキヤマは、その瞬間にキャリコを猛烈な勢いで連射し始めた。彼は、その銃声を突いて、叫んだ。

「撃ちまくれ。二度とチャンスはこないぞ」

バリーは言われるとおりにした。

ふたりは、とにかく銃弾をフル・オートでまき散らしながら、後退した。

アキヤマの頭のなかに、次第に退路の確固としたイメージが描かれ始めていた。


東隆一は、部下の狙撃手が、何か獣に襲われて落下したのかとも思った。

次の瞬間、風を感じた。

頭上を何かが飛ぶのを見た。

東老人は、半《なか》ば無意識に、銃の台尻を振っていた。宙で、小さな円を描いた。

台尻は、したたかに、襲い来るものを弾《はじ》き飛ばしていた。

それは、人間の蹴り技だった。

枝から枝へ飛び移り、不思議な敵は、再び攻撃してきた。銃は役に立たなかった。

東は、銃を捨てて、拳法技で相手をすべきかどうか、ほんの一瞬、迷った。

その一瞬が命取りだった。

一撃目を払った。とたんに、頭にしたたかな衝撃を受け、脳震盪《のうしんとう》を起こした。

木から落ちながら、はっきりとしない頭で彼は思った。

(この私に、二段蹴りを……)

地面に落ちて、ほんの短い間、気を失っていた。

意識がもどったとき、気が狂ったように撃ちまくりながら、退却していくシド・アキヤマとジャック・バリーの姿、そして、彼らの銃弾を受け、倒れている部下の姿が、眼に入った。

土岐政彦隊長は、立ち尽《つ》くしていた。

戦闘は、もはや終わっていた。敵は逃げ、少なくとも五名の部下が、被弾して倒れていた。

白石が、素早い手つきで応急処置をこなしていた。

土岐は、むなしさを感じていた。理由はなかった。悲しみと呼んでもよかった。

彼は、その感情を締め出して、洞窟へ向かった。任務は成功した。彼は、ミュウを守ることができたのだ。そして、これから、ミュウを然《しか》るべき施設へ保護することができる。

帰りは、ヘリコプターではなく、トラックが迎えにくる予定だった。

とにかく、その合流地点まで行かなければならない。

それにしても——土岐は、本気で思った。——どうして、飛田靖子はわれわれに、あれほど反感をむき出しにするのだろう——

アキヤマとバリーは、力尽きたように木の根元に腰を降ろしていた。

そこへ、ギャルク・ランパが近づいていった。

アキヤマは、気づいて言った。

「恩に着るぞ、ランパ。命拾いした」

「その必要はない。私は、君たちのために戦ったわけではない。ミュウが、捕らわれるのを防ぎたかっただけだ」

「そいつは、失敗に終わったようだな」

「だが、彼らはまた逃げ出して来る。間違いなく」

「そう。それを待っていればいい」

「殺させはしない」

アキヤマとバリーは顔を見合わせた。

「一度聞いてみたかったんだ」

バリーが尋ねた。「おまえさん、何のためにデビル特捜と戦ってるんだ。俺たちゃ、ミュウを殺すのが仕事だ。だが、あんたは違う。いったい何が目的なんだ」

ランパは無表情だった。

「ミュウを自由にすることだ」

「なぜ」

「ミュウは、尊ぶべき存在かもしれないからだ」

「尊ぶべき存在……？」

「そう。われわれラマ教徒は、『第三の眼』を得るために厳しい修行をする。信じないかもしれんが、そのために、幼な児の額に穴をあけて、聖木をそこに詰めたりもする。それでも『第三の眼』が開く者は、ごく限られているのだ。しかし、ミュウは、どうやら、生まれながらにして『第三の眼』を持っているらしい」

「くだらん」

バリーが吐き捨てるように言った。「おまえさん、ラマ教徒の修行とやらで頭をやられちまったに違いない」

「私は、尋ねられたから話しただけだ。これ以上は、君たちと話す必要はなさそうだ」

アキヤマが、バリーを手で制して言った。

「あんたは世界中で、デビル特捜と戦い、何人ものミュウを自由にしてきたわけだな。そのミュウたちはどうしたんだ」

「ひっそりと暮らしている。普通の人間と接触を持たずに」

「接触を持たずに？　ミュウだけで暮らしているというのか？」

「でなければ、ミュウは生きていけない。君たちのような人間がいるんでね……」

「だったら、政府の収容所にいても同じことじゃないか」

「ミュウには、自由な環境が必要だ。彼らはそれを自覚している」

「それは、ミュウたちが、ほぼ例外なく山へ逃げることと関係があるのか？」

「ある。おおいに……」

「自由になったミュウたちが、もし、次第に増えていったとする。ミュウがミュウの子供を生んで、ミュウの世界をもし作り始めたとしたら、いったい、どうなると思う？」

「どうもなりはしない。ミュウは、現在の人類とは違った生きかたをするだろうから……」

「おい、アキヤマ」

バリーがしかめ面で言った。「そんなことより、もっと訊くべきことがあるだろう」

アキヤマはバリーを見た。

バリーは、それにかまわず、ランパに尋ねた。

「ここには、確かにミュウがいたんだな」

「いた」

「何匹いたんだ？」

「十二人だ。そして、妙な女がいっしょだった」

「普通の人間か？」

「そうだ。日本人のように見えた。ひとりでミュウの集団と接触できる人間は、たいへん珍しい」

アキヤマはうなずいた。

「彼女は、われわれの知り合いだ。飛田靖子というんだ」

「ほう……」

ランパは、初めて人間らしい好奇心を見せた。「どんな女性なのだね」

アキヤマは、ごく簡単に彼女の素性を説明した。

ランパは、ますます興味を持ったようだった。

「彼女をこっちのものにしておければな……」

バリーが言った。「ミュウの大群に出っくわすこともそう難しくはなかったんだがな……。おそらく、彼女もミュウといっしょに、デビル特捜に連れ去られたんだろう」

ランパは、バリーを見た。

「たいした問題ではないと思うが……」

「そう。あんたにとっては、何だってたいしたことじゃないだろうよ」

「君は、おそらく、飛田靖子がどこに連れ去られたかをつきとめることができる。そしてそれがわかれば、アキヤマと君とで助け出すこともできるだろう」

バリーは眉をひそめ、アキヤマを見た。

アキヤマは、ランパの言葉を真剣に検討しているようだった。

「それで――」

アキヤマはランパに言った。「あんたは手を貸してくれるのか?」

「いや」

ランパは、きっぱりと言った。

「私は、ミュウを尊んでいるのだ。ミュウを殺そうという人間に手を貸せるわけがない」

「こういうやつなんだよ」

バリーが肩をすぼめた。

「もうこれ以上話し合うことはないだろう」

ランパは、やって来たときと同様に、静かに去って行こうとした。

アキヤマは、彼を呼び止めようとして、やめた。

ギャルク・ランパは、木立ちと灌木の茂みのなかへ消えていった。

「さて、どうするね」

バリーがアキヤマに言った。

「ランパの言ったことが正しいとは思わないか？」

「飛田靖子のことか？　よせよ。ほかのルートを見つけるほうがいい」

「心当たりはあるのか？」

「ない」

「だったら、彼女を見つけ出して救い出すほうが早い」

「ランパは、俺たちだけに働かせて、自分は高見の見物を決め込む気だぜ」

「あいつがミュウ・ハンティングをするわけじゃない」

「俺たちの邪魔をするかもしれん」

「ああ。だが、それがどうしたというんだ?」

バリーは、しばらくアキヤマの顔を見つめていた。目を細め、顎をなでて、しきりに何かを考えている。

バリーはうなずいた。

「よし、あんたの言うとおりにしよう。東京へ戻るんだ」

デニス・ハワードは、全日空ホテルの部屋で、資料やメモの整理に没頭していた。彼は、ラップトップ型のパソコンに、時間をかけてデータを打ち込んだ。この作業は、時間と手間がかかり、ひどく面倒だった。しかし、検索のことを考えると必要不可欠な作業だった。

彼は、人に知られたくない資料やデータを山ほどかかえていた。そのため、人を雇ってデータ処理をやらせるわけにもいかなかった。

ハワードは、あまり規則的な生活をしているとはいえないが、夜は、できれば、八時までに——遅くとも十時までには食事を取ることにしていた。それがダイエットにいいと聞いていたからだった。

しかし、パソコンのキーを叩くのに熱中し、十時が過ぎようとしていた。

彼がそれに気づいたのは、電話が鳴り、集中から解放されたからだった。

ハワードは、眼の疲れを感じ、そして、次に空腹を覚えた。

レストランへ行こうか、それとも、ルームサービスで間に合わそうかと考えながら、受話器を取った。

「ハロー」

彼は、英語で言った。

相手は名乗らなかった。英語でこう言った。

「ミスター・ハワード。あなたと、話し合いの機会を持ちたいのですが……」

淀《よど》みのない英語だが、日本人の発音だった。

そのときになって、初めてハワードは、自分がここに滞在していることを知っているのは、ごく限られた人間たちだけであることに気がついた。

彼は黙っていた。

相手は、沈黙にいら立つ様子もなく、あらためて言った。

「ミスター・ハワード。私たちは、飛田靖子についての情報を提供する用意があります」

ハワードは、彼女の名前を聞いてためらった。彼は、唇を噛んでからゆっくりとこたえた。

「ふざけるな。豚野郎」

「これは、お互いのためになる取り引きなのです。私たちは、強制はしません。しかし、これだけは、忠告として聞いておいてください。私たちの申し出を受け入れたほうが、不愉快な思いをせずに済むでしょう」

「不愉快な思いだと……。部屋中を留守のあいだにひっかき回すようなことを言ってるようだな」

今度は、相手が黙った。

「話し合いを求めるのは、確かに、留守中に他人の部屋を荒らすのよりは、気がきいている。だが、残念だったな。君たちは、すでに私を怒らせてしまった。それに、こちらには、君たちと話したいことなど何もない。飛田靖子についての情報だって？　見くびってもらっては困る。私は、自分で彼女の居場所を見つける」

「飛田靖子を、あなたが見つけるのは不可能です」

「どういう意味だ？」

「言ったとおりの意味です」

「日本は、いつからソ連のような国になったんだ。え？　日本のＫＧＢを気取っているんだろう」

「私たちの申し出を、快く受け入れてください。私たちも実力に訴えるようなまねはしたくないのです」

「今度は威《おど》しか。品がないじゃないか」

「残念ながら、威しではないのです」

「こたえは、ノーだ」

相手は、かすかに溜め息をついた。

「しかたがない。では、警告を実行に移させてもらいます」

その言葉が終わった瞬間、ハワードの部屋のドアに鍵を差し込む音がした。

ハワードは、罵声《ののしり》を上げた。受話器を放り出すと、彼はドアに向かって走った。

しかし、彼がドアに体当たりするより、ドアが開くほうがわずかに早かった。

ハワードは、勢いあまって、部屋に入ってきた紺色のスーツに臙脂《えんじ》色のネクタイをした男たちにぶつかった。

男たちは、すぐさま、ハワードの両側から腕をつかんだ。

ハワードは、職業柄多少の護身術の心得があった。

彼は、右側の男の足の甲を、力の限り靴の踵《かかと》で踏みつけた。

男は、低い悲鳴を上げ、手をゆるめた。

ハワードは、右手の自由を得た。その右手で、左側の男の髪を鷲《わし》づかみにして、引き落とし、膝を顔面に叩き込んだ。

彼はふたりから逃れた。

助けを求めて駆け出した彼は、絶望の表情で立ち止まらねばならなかった。

ホテルの、その階の廊下には、部屋に入ってきた男たちと同じ服装の人間が、少なくとも十人はいて、全員が、ハワードに注目していた。

彼は、茫然《ぼうぜん》とたたずんだ。

ハワードのちょうど向かいの部屋から、ひとりの男が姿を現した。

スマートな体型と服装。優雅ともいえる身のこなし――ハワードには、さきほどの電話の相手がその男だとすぐにわかった。

その男――厚生省感染対策室の敷島瞭太郎は、やはり、電話と同じ声で言った。

「こういうまねは好きではないのです。でも、私の言うとおりになったでしょう」

「まさか、向かいの部屋から電話をかけているとは思わなかったよ。このフロア全部をおさえたのか」

「一時間ばかりね。私たちは、特にホテルなどには顔が利くのです。だが、この部屋は、ちゃんと金を払っておさえてあります。さ、どうぞ、こちらの部屋に入ってください」

ハワードは、口惜しさに眼がくらみそうだったが、言われたとおりにするしかなかった。

17

「腹がへった……」

デニス・ハワードが言った。

敷島瞭太郎は、ハワードを見つめた。まったく無表情だった。

「ちょうど夕食にしようと思っているところに、君たちが来たんだ。何か食わせてほしい。それとも、私が何かしゃべるまで、水も食いものも与えてはくれないのかな」

敷島は、意外にも人なつこい笑顔を見せた。

「どうか誤解を早く解いていただきたい。私たちは、あなたを軟禁しているつもりはありませんし、尋問をしているわけでもありません。ましてや、拷問《ごうもん》もどきのまねなどするつもりは毛頭ないのです。私たちは、あなたと話し合いたいだけなのです」

「軟禁しているつもりはないだと……」

ハワードの眼は、依然として、怒りのためにぎらぎらとしていた。「これが軟禁でなくて何だというんだ。私は、現に、拘束されて不自由を感じているし、恐怖も味わっている」

「ゆっくりと話し合いができる状況を設定したかっただけなのですよ。どうか、ご理解ください」

「それなら、何か食わせてくれ」

「どうぞ、ルームサービスを利用してください」

デニス・ハワードは、立ち上がって電話に手を伸ばした。小細工の通用しない相手だということはわかっていた。一瞬、どこか別のところに電話しようかと思ったが、無駄だと悟った。ルームサービスをたのみ、テンダーロインステーキにワイン、グリーンサラダを注文した。

ハワードは、ソファにもどって腰を降ろした。

敷島は、あいかわらず、友好的な態度を崩さず、ハワードに言った。

「あなたなら、私たちの立場がおわかりになるでしょう。私たちは、表立った動きができないのです。それは、ときには国家レベルの機密を扱わねばならないからです。

失礼があったことは、幾重《いくえ》にもお詫《わ》びします」

「君たちは、文字どおり、突然、人の部屋へ土足でやってきたんだ。話し合いを求める態度ではなかった。そして、いまだに自分たちが何者かを明らかにしていない」

「私たちは、あなたの部屋から今すぐにでもデータを持ち出すことができるのですよ。しかし、実際にはあなたのコンピューターに、指一本触れてはいないのです」

「だから何だと言うんだ。礼を言えとでも言いたいのか。一度は、データを盗み出そうとしたじゃないか」

「あれは、当方の完全なミスでした。やるべきではなかったと、深く反省しています」

「反省だと？　ふざけるな。私は、軍事独裁国でもこのような非礼な扱いは受けたことがないぞ。第一、君は、私に電話で何と言ったんだ？　飛田靖子についての情報を教えるだって？　冗談じゃない。君は、彼女について何を知っているというんだね。おそらく、何も知りはしないのだろう。君は、嘘をついて私をおびき寄せようとしたんだ。君たちは、私から一方的に情報を絞り取ろうとしているだけじゃないか。何が話し合いだ」

「いいえ。私は、嘘は言っていないつもりです。飛田靖子は、ついさっきまで、日光の男体山という山のなかでミュウといっしょだったのです。あなたが望むのであれば、すぐにでもここで会えるように段取りをつけます」

ハワードは、驚きのために怒りを忘れた。

「何だって……。飛田靖子が君たちの手中にあるという意味か」

「そう思っていただいて、けっこうです」

「いったい、君たちは何者なんだ……」

「私の名は、敷島瞭太郎。厚生省の者です」

「厚生省だって……？　冗談だろう」

「正真正銘、厚生省感染対策室の職員です。そして、私は、感染対策室所属の特別防疫部隊の担当官なのです」

「特別防疫部隊……」

ハワードは、何ごとかに気づいたようだった。

「あなたにとっては、おなじみの組織です。そう。デビル特捜ですよ」

「厚生省が、デビル特捜の統括を……」

「この話は、極秘事項です。だから、決してあなたの口から外へ洩れたりしないことを祈ってますよ。ミュウ・ハンターとわれわれの戦いのことは、あなたの専門分野でしょう。ならば、この秘密がいかに大切かを充分おわかりいただけると思いますが」

ドアがノックされた。

ルームサービスだった。ハワードの夕食が用意された。

ボーイは、グラスをふたつ用意し、敷島とハワードの両方にワインを注いだ。

ボーイが出て行くと、ハワードは、ワインを一気に干した。彼は、迷っていた。そして、自分の置かれた立場が気に入らなかった。

彼は言った。

「そっちの条件は?」

敷島はうれしそうにほほえんだ。

「なに、あなたの知っているミュウやミュウ・ハンターの情報を少しばかり教えてもらいたいだけですよ」

ハワードは、ワインを注いで、また勢いよく飲み干した。

「飛田靖子に会わせてもらおうか」

敷島が電話をかけると、十分もしないうちに飛田靖子が連れられてきた。

彼女もこのホテルに軟禁されているに違いないとハワードは思った。

「さあ、席をはずしてくれ」

ハワードは敷島に言った。「監視付きでは取材はできない」

「いいでしょう」

敷島は出て行った。

「さあ、かけてください」

ハワードは、日本語で靖子に話しかけた。

彼女は、うつむいたまま立ち尽くし、動こうとはしなかった。完全に殻に閉じ籠《こも》っている。

「心配しないで。私も、あなたと同じ捕らわれの身なのです」

ハワードは、名乗り、身分を明かした。幸い、彼女は、ハワードの著書を読んで彼の名を知っていた。

ハワードはさらに、山口大学の山田等教授に会ったことを話し、ようやく彼女をソファにすわらせるのに成功した。

「山田教授から紹介していただき、ずっとあなたを探していたのです」

靖子はうつむいたまま、小さくうなずいた。

「あなたは、ミュウに関心を持っているとうかがっていますが……」

「私に言わせれば、関心を持つ人が少な過ぎるのです」

「そして、また、多くの人々が間違った関心の持ちかたをしている……」

「まったくそのとおりです」

「あなたは、ついさっきまで、山のなかでミュウといっしょにいたということでしたが……」

「そう。そこに、デビル特捜がやって来ました。私たちは監視下に置かれ、やがて、撃ち合いが始まりました。そして、撃ち合いが終わると、私たちは、トラックに乗せられ、東京へ運ばれました」

「ミュウは、何人いたのです」

「十二人です」

「彼らはどうしたのです」

「さあ……。どこかの収容所に送り込まれたのでしょう。私だけ別にされ、ここへ連れて来られたのです」

ハワードは、しばらく靖子の顔を見て考えていた。やがて、彼は言った。

「どうして政府の連中は、ミュウを施設に集めておこうとするのでしょう。どう思います?」

「ＨＩＶの感染を防ぐためなのでしょう」

ハワードはかぶりを振った。

「あなたは、まだ私の立場を理解していないようだ。私は、ＨＩＶについてはかなり詳しく取材したつもりです。ミュウがすでに、伝染病患者ではないことも知っています」

「ミュウを研究材料としている——こう言えば満足かしら」

「私は、真実が知りたいだけだ。いかなる政府にも、組織にも特別な協力をするつもりはないのです」

「ごめんなさい。私は、今、誰も信じられない状態なの……」

「無理はありません」

「あちらこちらから集まったミュウたちが、洞窟で身を寄せ合って生きていこうとしていました。私は、彼らを助けたかった——ただそれだけなのです」

「あちらこちらから集まった……？」

「そうです。十二人のミュウは、別々の施設から逃げ出したのです」

「彼らは、どうやって連絡を取り合ったのですか？　互いに面識などなかったのでしょう」

「彼らは、連絡など取り合わなかったと思います。自然に集まったのだと思いますわ」

「自然にね……。ミュウが、われわれとは違う特別な知覚を持っているという話を聞いたことがあるのですが……」

飛田靖子は、わずかに警戒の色を強めた。

「私は、その能力が、問題のひとつなのではないかと思っています。国家は――現代の人類の代表的組織としての国家は、そうした能力に関心を持たざるを得ないのです。現在の人類より、すぐれた能力を持った存在が生まれ始めたという……」

「それは大きな誤解です」

「誤解……?」

「たぶん、あなたは、テレパシーのことをおっしゃっているのだと思いますが……」

「そう。それも含めた、いわゆるESPという能力のことです」

「ESP――つまり超能力ということですね。しかし、ミュウたちは、単に心のバイパスを作るに過ぎないのです。一度、心を許した人との間に、言葉を必要としないコミュニケーションの道を作るのです。これは、人間や動物でもやることです。そうでしょう」

「しかし、ミュウがテレパシー能力を持っているとしたら、いつも世界中で、いっせいに彼らが脱走する理由が明らかになると思いませんか？」

「世界中のミュウが、テレパシーで連絡を取り合っているというのですか。それは、私も考えてみたことがあります。でも、仮説としては、あまりに根拠が希薄過ぎます」

「そうでしょうか。それが納得のいく説明だと思いますが」

「納得……？　どういうふうに？」

「ミュウたちは、脱走の計画を立てると、密《ひそ》かに、テレパシーでその内容を世界に伝達するのですよ」

「何のために……？」

飛田靖子は警戒を忘れたかに見えた。真実を常に探究しようとする科学者の態度になっていた。「何のために同時期に脱走しようとするのですか」

「それは……。例えば、同時期に大脱走するとなると、警備もパニックになるでしょう」

「逆効果だと思いますわ。ミュウたちが、ある時期が来ると集団で脱走することに、警備当局はすでに気づいています。だから、どこかの国、どこかの施設でそのきざしが現れたら、警戒は当然厳重になるでしょう。事実、そのせいで、脱走するミュウの数は減っているのです。同時期に、いっせいに脱出を試みるのは、決して効果的な作戦とは言えないのです。それでも、ミュウは、それを繰り返しています。もし、テレパシーといった便利な交信手段を、世界中のミュウが持っているのなら、このような脱走のしかたはすぐにやめるはずです」

「しかし……」

ハワードは、言い淀んだ。言葉が見つからなかった。

「ミュウは、世界中で同時に脱走するといっても、その時期は、本当に同時なわけではなく、三日間から、七日間におよぶのです。直接的なコミュニケーションを取っているのなら、これほどのバラつきはないはずじゃありませんか」

「そうかもしれません。だが、別々の場所から脱走した、一度も会ったことのないミユウたちが、一カ所に集まっていた――この事実は無視できません」

「……それに、ミュウ・ハンターのことがあります。もし、ミュウが、テレパシーを駆使するのなら、ミュウ・ハンターの接近を察知しても不思議はないと思いませんか？　そうすれば、彼らはミュウ・ハンターに、殺されなくてすむはずです。しかし、実際には世界中で、ミュウはミュウ・ハンターに殺され続けているのです」

「ジャーナリストと科学者は、ものの考えかたが少しばかり違っているようですな。それでは、あなたは、ミュウの同時脱走を、どのようにお考えなのですか？」

「もっと単純なメカニズムなのではないかと思います」

「単純なメカニズム……？」

「ええ。自然界の動物たちを支配しているような、単純で、しかも最も合理的なメカニズム……。何かそういったもののひとつのような気がします」

「どうも、よくわからないのですが」

「あなたも、ミュウに直接会ってみれば、きっとおわかりになると思いますわ」

ハワードは、真顔でうなずいた。

「ぜひその必要があると考えていたところですよ。だが、今まではそのチャンスがなかった。私たちジャーナリストは、ミュウに近づけなかったのです」

ノックの音がして、敷島瞭太郎が部屋に入ってきた。

「まだ取材を始めたばかりだ」

ハワードが言った。

「今夜のところは、私の言葉が嘘でないということをわかっていただければそれで結構なのです。彼女は疲れています。続きは、明日ということでいかがですか」

ハワードは靖子の顔を見た。

確かに彼女は疲れている様子だった。それに着ているものには土がこびりついている。髪も乱れている。女性は、こういう状態では、人前にいたくないものだということに気づいた。

ハワードはうなずくしかなかった。

「飛田靖子さんを、お部屋にお連れしろ」

敷島は、紺色のスーツに臙脂《えんじ》のネクタイというそろいの恰好の男たちに命じた。

ふたりきりになると、敷島はハワードに言った。

「あの女性は、実に驚くべき経歴の持ち主です」

「知っている」

「では、ミュウの脱走を助けて、ある研究所にいられなくなったということも?」

「横浜の小倉幹彦教授の研究所だろう?」

「さすがですね」

「厚生省の役人だと言ったな?」

「そうです」

「質問させてもらっていいかね?」

「どうぞ」

「どうしてミュウを隔離しているんだ？　デビル特捜というのは、ミュウ・ハンターに対抗するために作られた組織だったが、現在では、事実上そうではなくなっている。脱走したミュウを捕らえて、連れ戻すための組織だ。ミュウをつかまえておこうとする目的は何なのだ」

「ご存じではないのですか」

ハワードは敷島を睨みすえていた。

しばらくしてハワードは言った。

「私が知っていることなど、おそらく氷山の一角に過ぎん」

敷島は、笑いを浮かべ、首を左右に振った。

「ごまかしてもだめですよ」

「ごまかしてはいない」

「例えば、あなたは、ミュウ・ハンターの雇い主の何人かを知っている。違いますか？」

「知らないとは言わない。しかし、それは、ミュウ・ハンターを雇っている人間や組織のごく一部に過ぎないことも事実だ」

「それは、どんな人々なのですか？」

「ミュウ・ハンターの雇い主は、ヨーロッパに偏在している。キリスト教の一修道会が、実際に金を出していることを、私は知っている。また、ギルドから発した秘密結社がいくつかあることはよく知られているが、そのひとつが、ミュウ・ハンターを動かしている事実もつかんでいる。エジプトに住む富豪が個人的にミュウ・ハンターを雇っている例もある」

「なるほど。急に口が軽くなられたようだ。私どもにとっては嬉しい限りですよ」

「なに、こんなものはたいした話じゃないと思ってるだけさ」

「では、もっと重大なことを知っているというわけですね」

「重大？　どうかね」

「例えば、今、あなたがおっしゃったミュウ・ハンターの雇い主たち——その連中をうしろで統括しているのは、いったい何者か……」

ハワードは、無言で敷島を見つめた。

「どうなんです？」

「さあ、どうかな。物騒な話になってきて、私は今にも震え出しそうだ」

敷島が笑った。

「震える？　あなたが？　冗談でしょう」

「とにかく、私は、あのご婦人同様、たいへんに疲れた。話は、またにしようじゃないか」

敷島は、時計を見た。午前零時になろうとしていた。彼は同意した。

「けっこう。さ、ご自分の部屋へ戻ってください……」

「ただし、廊下に監視がいるのを忘れるな。そういうわけだな」

「そう。あなたは、手間のかからないかただ」

ハワードは、向かいの自分の部屋に入り、勢いよくドアを閉めた。

18

バリーが用意したランドクルーザーは無事だった。

彼とアキヤマは、まっすぐ東京へ戻った。

アキヤマは、ホテル・アイビスの部屋に荷物を置きっぱなしだった。

バリーは、ランドクルーザーを路上駐車し、ふたりは、アキヤマが借りている部屋に向かった。

「それで?」

アキヤマは、バリーに言った。「飛田靖子を見つけることはできるのか?」

「不可能ではない」

バリーは、アキヤマを見つめていた。親しみのこもった眼つきではなかった。「だが、あんたは、何を考えてるんだ? 飛田靖子を見つけ出して本当のところ、どうしようというのだ」

「正直に言うと、わからない」

バリーは、服の下からWz63サブマシンガンを取り出して、アキヤマに向けた。

アキヤマは、それを冷やかな眼で見つめてフライトジャケットを脱いだ。彼は、まったく気にしていなかった。

「そんなものは早くしまって、電話をかけるんだ。そして、あんたの真価を発揮して見せてくれ。俺は、シャワーを浴びてくる」

彼は、バリーに背を向けた。

バリーはトリガーを引いた。しかし、何も起こらなかった。

ふたりとも、弾を撃ち尽くしたことを知っているのだった。

アキヤマはバスルームに消えた。バリーは、鼻で笑い、ベッドに腰かけると、電話に手を伸ばした。

ランパは、山を下りつつあった。

月が出て、山林のなかも、いくぶん明るかった。彼は、登山道へ出て、空を見上げた。

月は、じきに満ちようとしていた。月齢は十三日だった。

ギャルク・ランパは、月の満ち欠けが、ミュウの脱走の時期と、何か関係がありそうなのを体験的に知っていた。

山を下り、翌日までに、東京へ行くつもりだった。

彼は、ミュウと飛田靖子の関わりかたに、たいへん興味を持っていた。

ギャルク・ランパは、ミュウを助けながら、直接会話をしたことはなかった。

どう接するべきか迷い続けていたのだ。

そのこたえが見つかりそうな気がした。彼は、飛田靖子と話をしなければならないと思った。

そして、彼は、彼女を見つけ出す決心をしたのだった。

ランパは、まず、脱走するミュウを見つけようと思った。彼は、ミュウの意識を捉えることができる。

脱走したミュウにぴたりとついていれば、そこに、飛田靖子が現れる可能性は大きかった。

彼女がとらわれの身であったとしても、バリーとアキヤマが何とかするだろうと考えていた。そのために、ふたりをたきつけたのだ。

ランパは、もう一度、月を仰いだ。

土岐隊長以下三名の特別防疫部隊の正式メンバーは、感染対策室の指示を受け、十二人のミュウを、世田谷区池尻の自衛隊中央病院に運んだ。

そこで、すぐさま入院手続が取られた。

ようやく彼らは、その日の任務から解放された。

彼らはまだ野戦服のままだったが、自衛隊中央病院ではそれほど不自然な服装には映らなかった。

彼らは移動用のトラックで市ケ谷に戻った。

作戦司令室に戻った三人は、ぼろぼろに疲れていた。

土岐が、机のなかからウイスキーを取り出して東と白石にふるまった。アイルランドのジェームソンだった。

「まあまあじゃないですか」

白石が言った。

「酒のことか」

土岐が、二杯目を注いだ。

「きょうの任務ですよ。ミュウは全員保護し、飛田靖子という民間人も保護できました。あの女性については、敷島担当官がずいぶんと関心を持っているのでしょう?」

「そのようだ。敷島担当官だけではなく、危機管理室の黒崎室長も所在を知りたがっていたということだ」

「全日空ホテルで、いったい何をやろうってんですかね」

「想像するのは勝手だが、敷島担当官は、そんな人間じゃない」

「僕は何も言ってやしませんよ。ただ、あの女性が、どうしてミュウといっしょにいたのかが気になるだけです」

「そして、ミュウといっしょにいた彼女を、敷島担当官がどう扱うか――」

東老人が静かに言った。「その点が、気になるのだろう」

「そういうことです」

土岐は黙っていた。

洞窟《どうくつ》で、靖子が示した、あからさまな敵意がどうしても納得できなかった。戦いというのは、あくまで純粋な手段であって、どちらに正義があるとか、理にかなっているという問題ではないと土岐は考えていた。

戦う人間が考えるべきことは、勝つか負けるかであって、正しいか否かではない。自分たちは、そうした道具であり、正義などという問題や、戦う理由などは、別の人間が考えることだと割り切って生きてきた。

それが職業軍人の生きかただと信じてきたのだった。

しかし、あまりに人間的な感情——飛田靖子の怒りと憎しみに直接触れて、彼の信条はもろくも揺らいでいた。

自分は、ミュウの味方であると信じており、それをはっきりと否定された点が、最も問題だった。

「余計なことは考える必要はない」

白石が土岐の口調をまねて言った。「われわれは、言われた時間に、言われた場所に出かけて行って、敵を倒すことだけ考えていればいい。そうですね、隊長」

「そうとも限らんさ」

「ほう……」

「私も君と同じことを考えていた。いったい、私たちがやっているのは、どういった戦いなのか、とね。ミュウ・ハンターはなぜミュウを殺さねばならないのか。なぜ、われわれはミュウを捕らえなければならないのか？　本当に保護が目的なのか……。よほどのばかでない限り、迷い始めて当然だと思う」

「たまげたな……」

白石は東の顔を見た。東は、何も言わずに肩をすぼめた。

「それで？」

白石が土岐に尋ねた。「どうしようというのですか？」

「どうする？　どうもしないさ。今までどおりだ。われわれは敷島担当官の指示によって動く。ただそれだけだ」

「しかし、真実を話してくれそうな人間がいたら、話を聞いてみるのも悪くない――」

東が言った。「そう考えているのだろう？」

土岐は、東の顔を見て、続いて白石の顔を見た。

「そう。当然、そう考えていますよ。本当のことを知っていても、知らずにいても、戦わなければならないんです。どうせなら、知っているほうがいい」

「敷島担当官や、黒崎危機管理室長は、その真実とやらを、僕らに隠そうとしてるんじゃないでしょうかね」

白石が言った。「どうも、そんな気がしますが……」

「同感だな」

東が言った。「しかし、真実というのは、いずれ、おのずと明らかになるものだ」

「それまで、僕たち、生きてるんでしょうかね」

「生きのびてもらわねば困る」

土岐は、厳しい口調で言い、ふたりの顔を交互に見すえた。「これだけは、はっきり言っておく。絶対に君たちは、死んではならん。理由もわからぬ戦いで死ぬのは、犬死にと変わらんのだ」

白石と東は、思わず顔を見合わせていた。


バリーは、ずいぶん長い時間、電話を使っていた。彼が電話をかけた相手は、少なくとも二十人を超えていた。

アキヤマは、ビールを飲んでいた。

バリーは、ようやく最後の電話を切り、アキヤマのほうを向いた。

「あんたの情報が役に立ったよ、アキヤマ」

「俺《おれ》が何か言ったかな？」

「謙虚な性格だ。デビル特捜の若いのをとっちめて、やつらが厚生省の管轄下にあることを聞き出したろう？」

「とっちめた？　謙虚な言いかたじゃないな」

「その線でいろいろ調べさせてみたら、妙なやつが網にひっかかった。そいつは厚生省にはおらず、内閣官房にオフィスがあるということだ」

「内閣官房？」

「首相官邸——つまり、ホワイトハウスみたいなものだ。そいつの名は、リョウタロウ・シキシマというのだが、内閣官房の危機管理室の指揮下にあるらしい。危機管理室というのは、アメリカで言えば、ＮＳＡ——国家安全保障局みたいなもんだ」

「スパイどもの元締めじゃないか」

「そう。このシキシマという男が、デビル特捜の担当者と見て間違いない。この男は、今全日空ホテルにいる。俺が懇意《こんい》にしている情報提供者が、気をきかせて、あとをつけたんだそうだ」

「慇意にしている？　弱味を握っているという意味の上品な言いかたか？」

「ま、いろいろある……。その全日空ホテルに、ちょっとそぐわない服装の人物が現れたそうだ」

「ネクタイをしていないと放り出されるようなホテルなのか？」

「そうじゃないが、それでもあまりなじまない服装というのはあるもんだ。なんと、汚れた登山服姿の若い女性が、地味なスーツを着た男たちに連れられてやってきたというんだ」

「おい」

アキヤマは、目を見開いた。「見直したよ、バリー。俺は、もっと時間がかかるものと思っていたよ」

「こういうこともあるんだ。要はツボをおさえることだ。それに、厚生省という手がかりが今回は大きかった。あんたの手柄と言ってもいい」

「さて、ここからは、純粋に俺個人の興味の問題だ。あんたはここで降りてくれてかまわない」

バリーの目が細くなった。危険な光が宿った。

「それは、ただ働きをさせておいて、俺を追い出すという意味なのか」

「あんたにとってはそういうことになるかもしれんな」

「俺はあんたと組むという条件で、調査活動を引き受けた。どれくらい金のかかることかわかっているのか」

「おそらく、莫大《ばくだい》な金額だろうな。だが、それを決めたのは俺じゃない。あんただ」

「そんな言い分が通るか」

「一度は仕事をした。だが失敗に終わったんだ。潮時というものがある」

アキヤマの右手が、素早く動いた。手品のようだった。その手には、Ｖｚ83自動拳《けん》銃《じゅう》が握られていた。彼は、部屋に戻ってからも、その銃を体からはなさずにいたのだった。

銃口は、バリーの眉間《みけん》を正確に狙《ねら》っていた。

「俺は、きょう、この銃を一度も使っていない。マガジンいっぱいに弾が詰まっている。薬室に弾が入ってるかどうか試そうなんて気は起こさないほうがいい。あんたが、手裏剣とかいうナイフを投げるまえに、俺は三発ほど撃ち込むことができる」

バリーは、身動きしなかった。アキヤマを睨《にら》み続けていた。

「目的は何だ、アキヤマ」

「宝の山をひとり占めしたくなった、と言ったら、納得するかね」

「しないね。あんたは、それほどのばかじゃない」

「さ、いいから、出て行くんだ。俺がトリガーを引かないうちに」

急にバリーの眼から敵意が消えた。彼は、全身の力を抜いた。

アキヤマは油断しなかった。しかし、バリーは、銃を無視しようとしていた。

「ギャルク・ランパに続いて、あんたもか、アキヤマ」

バリーは絞り出すように言った。

アキヤマはこたえなかった。

「何を考えてるんだ。あの女との間に、いったい何があったというんだ」

「何もない」

「じゃあ、なぜ、ひとりで彼女を助け出そうとする？」

「時間を無駄にしたくない。早く出て行ってくれ。出て行ったら、あんたが何をしようとかまわん。ただ、あんたが飛田靖子のところへ行って俺を出し抜こうとしたら、俺は容赦なく、あんたを敵に回す」

「俺は出て行かないよ」

「ここで死にたいというわけか」

「それもごめんだね。なあ、アキヤマ。俺を見くびらんでくれ。あんたは何かを知った。飛田靖子という女から何かを聞き出したんだろう。そいつが何かを、俺も聞く権利がある。違うか」

「あんたにとっては、おそらく意味のないことだ」

「だが、シド・アキヤマにとっては大切なことか？　おい、俺にだってまだ選択の余地はあるはずだ」

「ミュウは悪魔ではなく、人間だという話だ」

アキヤマは、バリーが笑い飛ばすと思っていた。

だが、違っていた。バリーは、真剣に言った。

「それで、飛田靖子を連れ出して、どうしようというのだ」

「もっと詳しく話を聞きたい。できれば、ミュウの話も聞きたいと思っている。俺は自分に嘘《うそ》をついて生きるのに疲れたんだ」

「あんたがランパと話すのを見ていて、何かが起こっているのはわかったよ」

バリーは、溜《た》め息をついた。「さあ、銃をしまえよ、相棒。俺は、あんたと組むと決めたんだ。俺だって自分を裏切りたくはない」

アキヤマが驚く番だった。彼はバリーの真意をはかりかねた。

「あんただけだと思うな、アキヤマ。ミュウ・ハンターは、多かれ少なかれ疑いながら仕事をしている。だが、本当のことを知るチャンスに恵まれるミュウ・ハンターはほとんどいない。俺だって、本当のことが知りたい」

アキヤマは、バリーを睨みすえていた。

「そう。人を安易に信じてはいけない世界に俺たちはいる。だが、そうでない場合もある。これから、あんたがやろうとしていることは、おそらく、ひとりでは荷が重過ぎる。俺があんたと袂《たもと》を分かつかどうかは、すべてを見きわめてから決めさせてもらう。俺はそれだけの働きをしたつもりだが？」

アキヤマは、まだ考え続けていた。沈黙が続いた。

ついに、シド・アキヤマは銃を降ろした。

バリーは、小さく首を左右に振っていた。

「俺は疲れている」

彼は言った。「昼間、死にかけたばかりだ。しかし、奇襲をかけるには、今夜が一番だ。デビル特捜もすぐには動きが取れまい。出かけようじゃないか、アキヤマ」

「そう」

アキヤマはうなずいた。「俺もそれを考えていた」

「ほら見ろ。俺たちは息が合ってきたじゃないか。え？」

シド・アキヤマを乗せたジャック・バリーのランドクルーザーが、全日空ホテルに着いたのは、午前二時ころだった。

ロビーに客の姿は少なく、たいへん静かだった。

ふたりは、のんびりとした足取りでフロントへ向かった。

「ホテルというのは、言ってみれば小さな街だ。どうやって飛田靖子を見つけ出すか。ちょっとした問題だな」

アキヤマが言った。

「そう。だが、手がないわけではない。だから、あんたひとりじゃ荷が重いと言ったのだ」

フロントには、ひとりの係員がいるだけだった。

バリーは、胸のポケットから、革の紙入れを取り出した。そのなかから、プラスチックのカードを抜いて、フロントの係員に見せた。

そのカードにはバリーの写真と、何か細かい英文字が書かれていた。

バリーは、カードを引っ込めながら言った。

「ＣＩＡのジャック・バリー。厚生省のミスタ・シキシマに呼ばれて来たんだが……。

何階に行けばいいのかね」

「お待ち下さい」

係員は館内電話に手を伸ばした。

バリーは、ぴしゃりと言った。

「確認の必要はない。われわれは一分一秒を争っている。何階の何号室だね？」

係員は受話器を置いた。完全にバリーに威圧されている。

「十八階でございます」

係員は部屋番号も教えた。

「ありがとう……」

バリーは、堂々たる態度でエレベーターホールへ向かった。アキヤマは、彼にぴったりと付いて歩いた。

「魔法でも使ったのか？」

「なに……。この時間にフロントにいるということは、単なる申し送り事項として、シキシマのことを聞いているに過ぎない。何ひとつ重要なことなどわかっていないのさ」

「ＣＩＡのジャック・バリーだって？　いったい何を見せたんだ？」

「こいつか」

バリーはカードを取り出した。「ポートランドにある、名門クラブの会員証だ。本物のCIAのIDカードを知っている人間なんぞ、滅多にいやしないさ」

ふたりはエレベーターに乗り込んだ。

「さ、これからの手際が問題だぞ」

バリーは言った。

アキヤマはほほえんだ。

「その点なら、まかせてほしい」

19

バリーは、十七階で降りて、階段へ向かった。

エレベーターが十八階に着き、アキヤマは降りた。絨毯《じゅうたん》のおかげで、ほとんど足音がしなかった。彼は右へ進んだ。

角を曲がろうとしたとき、紺色の背広に臙脂《えんじ》のネクタイをしたふたりの男が、すっと現れて、行く手をさえぎった。

アキヤマは、一目見て、この男たちが何者かわかった。世界中どこでも、この種類の人間は同じ眼をしている。彼らは、間違いなく本物の警察官だった。

右側の男が言った。

「失礼ですが、階をお間違えのようですね」

アキヤマは、英語で、相手の非礼をなじった。

ふたりは顔を見合わせた。さきほど声をかけた男が英語に切り替えた。

「ここから先は貸し切りになっています。引き返してください」

「貸し切りだって？　ばかなことを言うな。私の部屋はこの先なんだ。今、鍵《かぎ》を見せよう」

アキヤマは、フライトジャケットのポケットに手を入れた。

その手が再び現れたとき、そこには、Ｖｚ83自動拳銃が握られていた。

「動くな。私が撃てないと思ったら大間違いだ」

ホテルのなかで発砲する勇気のある人間はあまりいない。だが、銃を突き付けられて、そのことに考えが及ぶ者はさらに少ない。

アキヤマは、一歩近寄って、右側の男の左耳のうしろに、銃のグリップを叩《たた》き込んだ。

男は一度膝をついた。さらにアキヤマは、首の付け根に同様の一撃を加えた。男は、前のめりに倒れた。

だが、それは、アキヤマが、もうひとりにわざと見せた隙《すき》だった。

もうひとりの紺の背広の男は、剣道の小手《こて》の要領で、アキヤマの右手首に手刀を見舞った。

なかなかの威力で、アキヤマは銃を取り落とした。

スーツの男は、そのまま、左手でアキヤマの右袖《そで》をつかみ、右手で、右肩口をつかんだ。同時に腰をぶつけてきた。

アキヤマは、自分の体が宙で素早く弧を描くのを感じた。相手は、手を離さず、アキヤマの体を床に叩きつけた。警視庁の猛者が身につけている実戦的な柔道だ。

アキヤマは受け身が取れず、背を打った。息が止まった。気を失う一歩手前までいった。

スーツの男は、Ｖｚ83に手を伸ばした。

それを見たとたん、アキヤマの頭が一瞬だけはっきりとした。

アキヤマは上半身を持ち上げ、近づいて来る相手に、頭突きを叩き込んだ。相手の顔面に、額が命中した。相手は大きくのけぞった。

頭突きは、どんな状態からでも、大きな破壊力を約束してくれる。

アキヤマは銃を拾おうと思えば拾えたが、放っておいた。今は、この男となるべく派手に戦い続けることが大切なのだ。

相手は、アキヤマの膝の約十センチ上を狙《ねら》って、下段の回し蹴《け》りを繰り出してきた。空手の心得もあるようだった。

アキヤマはさがらなかった。蹴り技に対して後ろへさがるのは、格闘技の素人だ。相手が蹴りを出す瞬間に飛び込むのがコツだ。

インパクトのポイントを外すことができるし、蹴りの途中にある状態はたいへん不安定だからだ。

アキヤマは、素早く、ジャブ、ショートフック、クロスアッパーの三連打を叩き込んだ。

相手は、口のなかを切った。歯が赤く染まっていた。

ドアが開いた。なかから、さらにふたり、同様の紺のスーツを着た男が飛び出してきた。物音を聞きつけたのだ。

彼らは、わずかに躊躇《ちゅうちょ》してから、二手に分かれた。

ひとりが、アキヤマの相手の加勢に来た。もうひとりは、彼らが出て来たのとは別の部屋のドアの前へ行った。

アキヤマは、そちらの男のほうに関心があった。

もう目の前の男たちには用はない。

ひとりが低い回し蹴りから、刻み突き、上段正拳突きの連続技で襲いかかってきた。

アキヤマは、回し蹴りを膝でブロックし、上段の正拳突きにタイミングを合わせた。

突きの外側へステップして、クロスアッパーを顎《あご》に叩き込む。続いて、腎臓《じんぞう》を強打した。

男は激痛にあえいだ。

その髪を両手でつかみ引き落とし、膝に叩きつけた。鼻から口にかけてのあたりが膝に激突する。鼻と上唇の間には『人中』という顔面で最大の急所がある。男はひとたまりもなく昏倒《こんとう》した。

それは、一瞬の出来事に見えた。

新たにやってきた男が、すかさずアキヤマの後ろからつかみかかった。右腕を首に回し、左肘《ひじ》をてこに使って絞め上げようとした。

アキヤマは、相手の顔面が、自分の頭のすぐうしろにあるのに気づいた。

まったくためらわず、二本指を後方に突き出した。相手の目を突いたのだ。

この痛みに耐えられる人間はいない。彼は、たちまち、手を離して両手で目をおさえた。

アキヤマは、その男の股間《こかん》を蹴り上げ、耳のうしろに、フックを打ち込んだ。

彼は崩れ落ちた。

アキヤマは、残ったひとりの男を見た。彼は、その男のうしろのドアのほうに関心があった。

アキヤマは、銃を拾い、男に近づいていった。

男は身構えていた。

突然、その手前のドアが開いて、さらに、ひとりの男が飛び出してきた。その男も、紺色のスーツを着ていた。

彼は、三段式の鋼鉄製の棒を振り上げていた。護身用の武器だ。彼は、アキヤマの頭に打ち降ろそうとしていた。頭をかわされても、鎖骨《さこつ》を一撃で折るだけの威力がある武器だ。

だが、その男は、棒を振り降ろすことはできなかった。棒が床に落ちた。

男の腕には、手裏剣が二本突きささっていた。

廊下の反対側からバリーがゆっくりと現れた。

アキヤマは、棒を持って現れた男の直前にすべり込んだ。

相手がまだ驚いているうちに、右のアッパーを顎に見舞う。

男が首をのけぞらせると、すかさず、後ろへ回り込み、髪をつかんで引いた。あっけなく、後ろへ倒れてくる。その後頭部へ、左右の膝蹴りを続けざまに叩き込んだ。

その間に、バリーは、残った男の相手をしていた。

男がバリーの右手を取って、巻き込み、投げようとした。

バリーの体が浮いた。その瞬間に、バリーは脇の壁を蹴っていた。

相手の男はバランスを崩した。投げは決まらなかった。バリーは、床に転がった。今度は逆にバリーが相手を巻き込んでいた。

変形の巴《ともえ》投げが決まった。

相手が床に叩きつけられた瞬間、バリーは、後転倒立をしていた。そのまま、相手の腹の上に膝から着地した。

すべてが片づいた。

「言ったろう」

バリーがアキヤマの肩を叩いた。「ちょっと暴れてやれば、大切な人物のいる部屋はすぐに向こうが教えてくれるって」

アキヤマは、最後の男が守ろうとしたドアをノックした。

「ミス飛田。いるのか？　アキヤマだ」

彼は英語で呼びかけた。

「ミス飛田だって……」

バリーはにやにやしながらつぶやいた。

解錠する音がして、ためらいがちにドアが開いた。

「シド・アキヤマ……。どうして……」

飛田靖子が言った。

「話はあとだ。とにかく、俺はあんたを救い出しに来た」

靖子は、そこでためらうほど愚かではなかった。すぐにドアチェーンを外し、廊下へ出てきた。

彼女は廊下にひどいありさまで倒れている男たちを見て、息を呑《の》んだ。

「早く。こっちだ」

アキヤマはエレベーターホールへ彼女を引っ張って行こうとした。

「待って」

「どうした？」

「もうひとりつかまっている人がいるの。ジャーナリストよ」

「どの部屋だ？」

「こっち」

彼女は、デニス・ハワードの部屋をせわしくノックした。

「ハワードさん。飛田です」

ドアが開いた。ハワードは、じっと廊下の気配をドア越しにうかがっていたのだ。

「どういうことなんだね」

「私にもわからない。ただ、逃げ出せることは確かよ」

「彼らは、何者だ？　信用できるのか？」

「信用できる人なんて誰もいないわ」

「違いない」

ハワードは、ラップトップ型のコンピューターと小さなボストンバッグだけを持った。あとの荷物は部屋に残して逃げるつもりだった。

その間、バリーとアキヤマは、油断なく周囲の様子をさぐっていた。

「急げ」

アキヤマが先頭に立ち、バリーがしんがりとなった。

四人は、エレベーターで下っていった。

敷島は部屋から一歩も出なかったが、何が起こったかすべて把握《はあく》していた。

彼は、すでに特別防疫部隊の土岐に電話をしていた。それ以上、自分にできることがないのをよく知っていた。

また、彼は、土岐たちが間に合わないだろうと、冷静に計算していた。それくらいに、シド・アキヤマとジャック・バリーの襲撃は手際がよかった。

彼らが、ホテルに奇襲をかけてくるというのは、全くの予想外だった。その点、敷島はおおいに反省した。

しかし、彼のやるべきことは、自分の思慮の足りなさを嘆くことではなかった。次に打つ手を、すでに考え始めていた。

彼は、自衛隊中央病院に電話をした。


アキヤマたちが去って、十分ほどしてから土岐が駆けつけた。

土岐隊長は、東と白石を連れてきた。

彼らは野戦服は着ていなかった。土岐は、ピンストライプの入ったグレーのフラノの背広に、紺色のネクタイをしていた。

東は、ヘリンボーンのツイード・ジャケットに綿のパンツをはいており、ネクタイはしていなかった。ペイズリー柄のバンダナを、アスコットタイのように首に結んでいる。

白石は、キャメルカラーの、スウェードのブルゾンを着ていた。

彼らは、ニュー・ナンブ57型拳銃で武装していた。それぞれ思い思いのところにホルスターをつけている。

土岐は、腰に着け、東はショルダーホルスターを使って脇に下げている。白石は、ホルスターを使わず、脇腹のベルトのところに差し込んでいた。

敷島担当官は、まず彼らに、昏倒している私服警官を部屋のなかに運び込むように命じた。

「見てのとおり、シド・アキヤマとジャック・バリーは、飛田靖子とアメリカ人ジャーナリスト、デニス・ハワードを誘拐《ゆうかい》して、逃走した」

敷島は説明を始めた。「今から、後《あと》を追っても時間の無駄に過ぎん」

「誘拐ですって?」

白石が言った。

「そうだ」

敷島担当官は、鋭く白石を睨んでうなずいた。

白石は肩をすぼめた。

「彼らがなぜ飛田靖子とデニス・ハワードを誘拐したのか、理由ははっきりしていない。しかし、今回保護したミュウに関係あるということは容易に予想がつく。私は、自衛隊中央病院に電話して、もし、今度ミュウが脱走をくわだてたら、わざと逃がすように指示した」

土岐と東は顔を見合わせた。

「驚いたな……」

白石はつぶやいた。

「君たちは、自衛隊中央病院に詰めて、もしミュウが逃亡したら、そのあとをつけるのだ。必ず、飛田靖子やデニス・ハワードらと接触するはずだ」

「それで、そのときはどうすればいいのですか」

土岐隊長が、きわめて慎重な口調で尋ねた。

「わかりきったことだ。飛田靖子とデニス・ハワードを連れ戻すのだ」

「シド・アキヤマとジャック・バリーと戦ってですか？」

「当然だろう。君たちは、ミュウ・ハンターと戦うために組織されたのだ」

「もし、ですよ――」

白石が言った。「その飛田靖子という女性やデニス・ハワードが、シド・アキヤマたちといっしょにいることを望んでもですか？」

敷島は即答しなかった。じっと白石の顔を見つめ、それから言った。

「そんなことは、ありえないんだよ、君。ふたりはミュウ・ハンターに誘拐されたんだ。君たちは、それだけ知っていれば充分だ」

「そこでぶっ倒れている連中にやらせたらどうです」

白石の若さがそう言わせた。

「白石」

土岐隊長が厳しい声で言った。「口をつつしめ」

白石は、首をすくめて見せた。

「話は以上だ。解散してよろしい」

敷島は三人に言った。

土岐たちは部屋を出た。

ドアが閉まると、敷島は、にわかに不安になった。

白石が疑問をぶつけてきたのは意外だった。白石が疑問を持っているということは、土岐や東も同様のことを考えているということだった。

敷島は、自分の担当している戦闘集団が、思ったより頭の切れる人間の集まりであることにようやく気づいた。これまで、平気で酷使していた道具が、意志を持っているとわかったような不気味さを感じた。

――このデビル特捜は、失敗だったのだろうか――

敷島は、ふとそう思った。

危機管理室の黒崎が送り込んできた、警察官たちが、ひとり、ふたりと息を吹き返し始めた。

敷島はその様子を無表情に眺めていた。

六本木交差点付近までランドクルーザーがやってきたとき、アキヤマはバリーに言った。

「どこへ行く？　俺の泊まっている部屋は、ネズミの巣のように狭い。彼女のアパートはやつらに知られている」

「しかたがない。俺の隠れ家《セーフハウス》のひとつに案内しよう」

セーフハウスというのは、諜報《ちょうほう》関係者が使う言葉だった。他国に侵入したときに、拠点として確保する安全な場所を意味した。

バリーは、日本で暮らしていた時期が長いので、アキヤマよりはるかに多くのつてを持っているのだった。

バリーは、横道にハンドルを切り、赤坂方面へ引き返した。

赤坂の山王ホテルは、かつての米軍将校専用ホテルで、現在でもその敷地内は、基地と同じくアメリカ合衆国なのだった。そこに出入りできる日本人は限られている。

四人を乗せたランドクルーザーは、山王ホテルの正面玄関に着いた。

ホテル内に案内されたとき、バリーを除く三人は同様に驚きの表情を浮かべていた。すぐに部屋が用意され、さらにアキヤマを驚かせた。

「どうなってるんだ、バリー」

「俺と組んでいてよかったな、アキヤマ。いろいろと恩恵にあずかれる」

「米軍と関係があるのか？　あるいは合衆国政府と？」

「すぐにいろいろと勘ぐる。まったくいい癖だよ。俺だって生まれたときからミュウ・ハンターをやっているわけじゃない。ごく短い間だが、米陸軍にいたことがある。そこで、ブラックベレーとして戦った。そのごく短い期間が問題だったのさ。俺はニンジャの能力を駆使して山のような勲章を手に入れた。入隊するときは少尉に過ぎなかったが、除隊するときは、大佐になっていた。異例のことだよ。そして、いまだに、俺は、予備役なんだ」

「どうして、ミュウ・ハンターに？」

「簡単だ。金さ。俺に出来るのは、戦うことだけだ。だが、人間を殺すのはうんざりだ。人間じゃないやつらを殺していい金になる。こいつはいい仕事だった」

アキヤマは、バリーが自分とまったく同様のことを考えていたのを知った。だが、彼は黙っていた。

バリーはかぶりを振った。

「だが、あんたは、ミュウも人間だと言い出す……。まったく、生きていくのは楽しじゃないな、え？」

広いスイートルームに四人は集まった。

デニス・ハワードがようやく衝撃から立ち直って、飛田靖子に尋ねた。

「いったい、このふたりは何者なんだね」

「憎むべき、ミュウ・ハンターです。それも、腕ききの」

「何だって……」

デニス・ハワードは、眉を寄せ、アキヤマとバリーの顔を交互に見つめた。

「そうじゃない、ミス飛田」

バリーは言った。「今は、迷える小羊に過ぎないんだ」

「どうして私たちを助けたの？」

バリーがアキヤマのほうを見てから言った。

「近ごろじゃ変わった礼の文句がはやっているようだ。あんた、こんなの聞いたことあるかい？」

アキヤマが靖子に言った。

「俺たちは、そろそろ、本当のことを知らねばならない。そう思っただけだ」

アキヤマと靖子は互いに探るような目つきで見つめ合っていた。ハワードがその様子をじっと観察している。

バリーが言った。

「さ、とりあえず、ここは安全だ。今のうちにくつろぐとしよう。話はいつでもできる。シャワーに清潔なベッド。これ以上、望むものはないだろう？」

靖子がバリーのほうを向いた。

「男のかたはそうでしょう。でも、私はいろいろと着替えるものが必要です」

バリーは肩をすぼめた。

「朝になるまで我慢してください。誰かにお宅まで取りにやらせてもいいし、サイズを教えてくれたら、ここのメイドにでも買いにやらせます。とにかく、これだけは忘れないでください。今のところ、あなたにとって、ここ以上に安全な場所は考えられないんですよ」

そう言うと、バリーは、飛田靖子とデニス・ハワードを、それぞれの部屋へ案内していった。

20

ギャルク・ランパは、朝早く日光を立ち、今は、東京都内を放浪していた。

彼は、心を開放して、さまざまな意識が流れ込んでくるままにしていた。

街中にいると、あふれんばかりの意識の集合体に襲われ、ほとんど呼吸もできないくらいの圧迫感を覚えた。

人間という動物は群を成さなければ不安を感じる。だが、群の密度が大きくなり過ぎると不安はさらに大きくなる。東京の街は、完全に人を苦痛にさせる過密さだとランパは思った。

――この街の繁栄も、長くはもたんな――

ギャルク・ランパは心の中でつぶやいていた。

彼は、どんなに苦痛を感じても、心のシャッターを降ろしてしまうわけにはいかなかった。流れ込む意識を、そのままに受け入れ続けることだけが、ミュウを発見する唯一の手段なのだった。

ミュウが大勢集まっていることを意味する、フラットで多重的な意識の集合体は、すぐにわかるはずだった。そして、男体山中で一度捉えているミュウの意識なら、確実に識別できるとランパは思った。

ミュウであっても人間であっても、その意識パターンは指紋のようなものだった。ランパは、男体山で探ったミュウの意識パターンを忘れてはいなかったのだ。

彼にとって、地理的な距離はまったく問題ではなかった。瞑想《めいそう》の世界は距離の概念を超えるのだ。

ギャルク・ランパは、自分の知覚レーダーだけを信じ、夢見るような眼差《まなざ》しで、街を眺め、歩き続けた。

土岐と東、白石は、自衛隊中央病院で代わるがわる仮眠を取った。

今回、彼らは部下を動かさず、三人だけで行動する計画を立てていた。徹底した秘密行動を期するためだった。

自衛隊病院は、この世田谷の中央病院を含め、全国十五カ所にある。診察対象は、自衛隊員とその家族に限られているため、いつでも、ふたつにひとつのベッドは空いているといわれている。

土岐たちが、ひとつの病室を作戦室として都合してもらうのは簡単なことだった。

東がカーテンで仕切られたベッドで、静かな寝息を立てていた。

土岐は、ぼんやりと窓の外を眺めていた。

白石が、その背中に向かって言った。

「どうも、妙な気分なんですがね……」

土岐は振り向かなかった。

「何の話だ？」

「説明してもわかってもらえるかどうかわかりませんが……。ちょうど、終戦間際に徴兵された者が、こんな気分になるんじゃないかと思うんですが……」

土岐は何もこたえなかった。

「隊長にはわからないかもしれませんね。言ってみれば、戦うことが仕事なんだから……。でも、僕らはあざむかれているような気がしてならないんです」

土岐がゆっくりと白石のほうを向いた。

「私にはわからない？　冗談だろう。今、私は驚いていたんだ。私も、君とまったく同じことを感じていたのだ。戦いの末期――そんな感じだ」

「ほう……。で、その軍人の勘というのは当たるものなのですか？」

「わかるものか」

土岐は、再び窓の外に眼をやった。「ただ、これだけは確かに言える。現場で戦っている者が、一番正確に戦況を把握するのだ。肌で感じ取るんだ」

「じゃあ、この戦いは、そう長くは続かないと……？」

「何とも言えん。実にばかげた話だが、われわれはまだ戦い始めたばかりなのだ」

それきり白石は何も言おうとしなかった。


シド・アキヤマとジャック・バリーは、前日に比べると、生き返ったように見えた。一日の深い睡眠と、たっぷりのあたたかい食事が彼らの活力をよみがえらせたのだ。

飛田靖子は、まだ疲れているように見えた。心理的な重圧が原因だった。短期間に起きた、おそろしい出来事が、彼女の心を責めさいなんでいるのだ。

デニス・ハワードも不機嫌な顔をしていたが、彼はこうした面倒事には、少なくとも飛田靖子より慣れていた。

「それで、われわれをこれからどうするのだね」

デニス・ハワードが、シド・アキヤマに尋ねた。

「納得がいくまで話を聞かせてもらう。そのあとは放り出す。自分たちでうまく生きのびるんだな。俺たちもそうするんだ」

ハワードはかぶりを振った。

「ミュウ・ハンターが何を知りたいというんだ」

吐《は》き棄《す》てるような口調だった。

バリーが言った。

「そうだな……。アキヤマはきっと、聖書に書いてあるような明確なこたえが知りたいのだろう。聖なるものと邪悪なものの戦いだ。おそらく、彼は信心深いのだと思う」

「ならば、自分の罪を認めて、地獄へ落ちるための覚悟でもしておくんだな」

「そう。そこが問題なのだ」

バリーがハワードの胸に向かって、人差指を突きつけた。「アキヤマは、自分は聖なるものの側だと信じていた。この俺もそうだ。いや、少なくとも、そう信じようとしていた。ミュウは人類を滅ぼす悪魔だと主張する人々がいて、彼らの説にも耳を傾ける価値はあると思うが、違うか？」

「おめでたい連中と言わねばならないな。中世の魔女狩りとまったく変わらん」

「ということは、デビル特捜のほうに正義があるという意味なのか？」

「だからおめでたいと言ってるんだ。ミュウを巡る戦いのメカニズムを何もわかっていない」

「わかれというのが無理なのだよ。俺たちは、コンピューターゲームのキーを操っているわけではない。画面で飛び跳ねているキャラクターなんだ」

ハワードは突然、怒りに駆られた。

「そんなことで、殺されて腹を裂かれたミュウたちへの言い訳になると思うのか」

「思わない」

アキヤマが静かに言った。「この世には、どんな言い訳も通用しないことが山ほどある。あんたなら、そういうものを見てきたと思っていたがな」

「見てきた。そして、そうした歴史も知っている。アメリカ大陸におけるインディアンの虐殺。インドシナ半島の現地人の虐殺。今でも続いているアマゾンでの、白人とインディオの戦い……。しかし、そのなかでも、ミュウ・ハンティングは最悪の出来事だよ」

「ここで俺を苦しめたいのなら、方法はひとつだ。あんたが言った、ミュウを巡る戦いのメカニズムとやらを話してくれることだ」

「そう。それはいい考えだな」

ハワードは言った。「聞いて、自分の愚かさに歯噛《はが》みするがいい。いいか。あんたたちミュウ・ハンターもデビル特捜も、まったく同じ目的のために動かされているんだ。皮肉なことに、ひとつの目的のために、君たちは表層的な戦いを演じているのだよ」

「それは、ミス飛田の話から想像はついていた。悪役と正義の味方を演ずる者が必要だったからだろう」

「君はばかではないらしいな」

「こちらのバリーもそうだ。彼は、わざと愚か者のふりをしているのだ。それで、俺たちミュウ・ハンターとデビル特捜が戦うシナリオを書いたのは、いったい何者なんだ?」

「君たちは、自分の雇い主も知らないわけだな」

「金をくれる雇い主は知っている。だが、そのうしろにいる存在など想像もしなかった」

「そうだろう。それは、おそらく、各国のデビル特捜の連中も同様だと思う」

「もったいぶるなよ」

バリーが言った。

靖子は、疲れを忘れ去ったようだった。じっとハワードを見つめていた。

デニス・ハワードは言った。

「国連さ」


敷島瞭太郎は、新首相官邸内の自分用の個室で、特別防疫部隊の再編を真剣に考慮していた。

危機管理室の黒崎室長が言うように、警察にげたをあずけたほうがいいのかと一瞬考えた。それは、黒崎に対して失敗を認めることになる。

敷島は判断を下すことができなかった。

彼は、もうしばらく土岐たちの動きを見守る必要があるのかもしれないと考えた。

机の電話が鳴って思考が中断した。受話器を取った。電話は、厚生省の感染対策室からだった。

相手の話を聞いていた敷島の表情が、ふと曇り、次の瞬間、彼は思わず立ち上がっていた。

「何ですって……」

彼は、ぼんやりとつぶやき、気を取り直したように言った。「もう一度言ってください。それは確かな話なのですね」

話を聞き終わると電話を切り、彼は即座に黒崎室長の部屋へ向かった。

敷島は、ノックをすると返事も聞かぬうちにドアを開けていた。

黒崎室長は彼の部下と打ち合わせの最中だった。彼は、明らかに非難の眼で敷島を見つめた。

しかし、すぐに敷島の表情に気づいて、部下との打ち合わせを中断した。彼は部下のほうを退出させた。

敷島がドアを閉めると、黒崎は尋ねた。

「何ごとだ?」

「たった今、わが省から連絡が入りまして、ＷＨＯがＨＩＶのワクチンを認定したということです」

黒崎は、身を乗り出した。

「ＨＩＶのワクチンが完成した？」

「そうです」

「ＷＨＯ――世界保健機関が正式に認めたとなると、さまざまな事態が急展開することになるな……」

「本来は、またとない朗報なのです」

「わかっている。だが、世界の政府は、それをそのまま朗報として素直に受け取れない場所にまで足を突っ込んでいるのだ。私は、これから、外務省と連絡を取り合う。必ず、外務省に何らかの要請が入るはずだ。総理にはもう報告はいっているのだろうな」

「当然そうだと思います」

「よし、君は部屋で待機していてくれ。いいか、絶対に机を離れるな」

「現在行動中の、特別防疫部隊ですが……」

黒崎は、しばし考えた。

「現段階では、何も言えんな。ということは、状況に変化なしと考えねばならん。今、彼らを引き上げさせるのは、時期尚早だ。作戦行動を続行させておけ」

「わかりました」

敷島は部屋にもどった。

ＨＩＶワクチンの可能性は、十年も前から続々と発見され、研究され続けていた。特殊なリンパ球にＨＩＶを感染させると、ウイルスの中身――つまり遺伝子がほとんどない殻だけの粒子が大量に作られる。ＨＩＶは非常に変化しやすく、その点がワクチンを作る上で問題だったわけだが、この不完全粒子には、ＨＩＶの変化しない部分もそっくり含まれている。遺伝子がないので感染力もなく、有効なワクチンになる可能性があると言われていた。

また、遺伝子工学によって大腸菌などに合成させたＨＩＶの一部を使う『ワクチニアウイルス』の加工も、有効な方法とされてきた。

カイコに感染するカイコ多核体病ウイルスのなかに、ＨＩＶのさまざまな遺伝子を組み込み、この合成ウイルスをカイコに感染させてタンパク質を合成させる試みもされていた。このタンパク質というのは、つまりＨＩＶに対する抗原だったのだ。

結局、勝利をおさめ、ＷＨＯが認定したのは、『ワクチニアウイルス』を加工する遺伝子工学的手法だった。

敷島は、机に座ったまま、とりとめのない思考に、その頭脳をゆだねていた。

彼としては、たいへんに珍しいことだった。

「国連《ユナイテッド・ネイションズ》……」

バリーが、呆《ほう》けたようにつぶやいた。「そんなものが、まだ国際的に影響力を持って、なおかつ、俺たちを操っていたというのは、まさに驚きだな」

「信じなくてもいい。多くの人が信じようとしないことは、よくわかっている。だが、私がつかんだところによると、まぎれもない事実なのだ」

「話してくれ」

アキヤマがうながした。

「君たちを雇う人物、あるいは、組織はさまざまだ。秘密結社あり、大富豪あり、宗教団体あり……。しかし、ただひとつ共通していることがある。人類の利益に貢献するという信念を持っていることだ」

「その信念を、国連がバックアップしたというのか?」

バリーが訊いた。

「そのとおりだよ。確かに、国連は君の言うとおり、影響力は、年々低下の一途をたどっていた。しかし、ミュウの出現で、あの組織は息を吹き返すことになった。ことの起こりは、WHOだ。世界保健機関は、後天性免疫不全症が大流行したとき、HIVに対して宣戦布告をしたわけだ。WHOは、全力でHIVと戦い続けた。そして、ミュウが生まれ始めたとき、慎重にその出来事を検討した。彼らは、おそるべき結論を導き出したのだ。つまり、ミュウは、人類のなかから生まれた、新しい種であると――」

ハワードは、自分の言ったことが、皆の心のなかにはっきり刻まれるのを待つかのように長い間を取った。

誰も口をはさまなかった。

「すでに、ダーウィン進化論は、ある意味で否定されている。種は、変わるべき時期がきたら、必然のごとく、唐突に変わる――それが進化論の主流になりつつある。わかるかね。WHOの結論は、政治家たちにたいへんな恐怖を与えたのだよ。WHOの研究者たちに悪気はまったくなかった。そして、彼らは恐れもしなかった。だが、政治家たちは違った。彼らは、国連の史上最大のプロジェクトを計画し、実行し始めたのだ。それは、国連の『ニューフロンティア政策』の集大成でもあった」

「ニューフロンティア?」

バリーが尋ねた。

「そう。国連は常に新しい課題を引き受け、多くの成果を収めた。原子力の平和利用について国際会議を開催し、一九六六年には、宇宙開発の基本法となった『宇宙条約』を採択した。また、深海平和利用委員会を設け、『海底開発法原則宣言』を採択した。しかし、ミュウに対する人類の姿勢の基本方針となったのは、一九七二年にストックホルムの会議で採択された『人間環境宣言』のなかの一節だった。すなわち、宣言の第二章だ」

ハワードは、ポケットからメモ帳を取り出して、あるページを探し出して読み始めた。

「人間環境を保護し、改善させることは、世界中の人々の福祉と経済発展に影響を及ぼす主要な課題である。これは、全世界の人々が緊急に望むところであり、すべての政府の義務である――この条文の解釈を少しばかり拡大したというわけだ」

「それで、具体的にはどういうことになったのだ？」

アキヤマは尋ねた。

「国連は下部組織をフルに動かした。まず、一方で、さまざまな宗教団体、財団、秘密結社といったものに働きかけ、ミュウ・ハンターなるものを作り出した。また、一方では、各国政府に、ミュウを管理下に置くように、厳しく要請したのだ。ミュウ・ハンターは、管理できていないミュウを始末するために作られたわけだ」

「どう思う？」

アキヤマはバリーに尋ねた。

「別に驚きはしない。だが、愉快でもない。何のことはない。ミュウを悪魔だと言い始めたのは国連だということじゃないか」

「さあ、そこでドクター飛田の登場だ」

アキヤマが靖子のほうを見た。「ミュウは、人類に取って代わる新しい種だということを国連が認めていたわけだ。これでもあなたは、ミュウが人類にとって無害だと言い張るのですか」

「当然です」

靖子は平然と言った。「確かにダーウィン進化論は否定され、種の変化は突然に起こるという説が主流となりつつあります。そして、その説のひとつに、『ウイルス進化論』なるものがあることも事実です。彼らの、主張の中心は、レトロウイルスが進化をつかさどってきたのだというものです。レトロウイルスは、せきつい動物が地球に現れた三億年前から、せきつい動物にとりついて遺伝子の組み替えを続けてきたのです。実際、ヒトをはじめとする霊長類のＤＮＡのなかには、霊長類が誕生して以来、六千年間残り続けたまったく同じレトロウイルスの痕跡《こんせき》があるのです」

「そいつは、レトロウイルスが霊長類を作ったという意味になるな」

バリーが言った。

「そういうことです」

「つまり、その説は、ミュウ悪魔説を支持しているわけだ。ＨＩＶはレトロウイルスだ。人類もついにミュウへ進化するときがきたということではないのか」

「そう」

ハワードがうなずいた。「世界の政府と、君たちミュウ・ハンターは手を取り合って、進化と戦おうとしていたのだよ」

アキヤマとバリーは、無言で顔を見合わせた。わずかの間、沈黙があった。

ハワードが言った。

「しかし、それは危険なレトリックでもあった。そうですね、ドクター飛田」

「そのとおりです。進化というものへの誤解がそこにあります。突然変異で遺伝子に変化をきたすのは、よくあることです。しかし、それが直接進化につながるわけではないのです。その突然変異体は、たいていすぐに消え去っていき、種全体には何の影響も残さないのです。突然変異体が、まれに生き残って、種のなかに亜種を作ることがあります。例えば、もともと人類は黒人だけでした。やがて、さまざまな皮膚の色の人種という亜種が生まれたのですが、皮膚の色が変化するのには、たった二、三千年しかかからないと言われています。考えてみてください。人種という亜種が生まれたことが、人類という種にとって危機であったかどうか」

「だが、ミュウは違うだろう」

アキヤマは言った。「ミュウは、俺たちと違った感覚器を持っていると言われている」

「ミュウが増え続け、人類は滅びるというのは、ダーウィンの適者生存を過大に評価したための誤解に過ぎないのです。その根底にあるのは原始的な恐怖感なのです。ミュウが必ずしもミュウを生むわけではないということは、前にも言いました。今の段階では、人類ではなく、ミュウが消えていく可能性のほうがずっと大きいのです」

「そうでない可能性もあるのだろう」

「あります。しかし、それは別の問題なのです。つまり、ミュウによって人類が滅ぶのではなく、人類が滅んだ後に、たまたまミュウが生き残った場合しか考えられないのです。わかりますか？」

「わかるつもりだ」

アキヤマが言った。「だが、実感がわかない」

「俺も同感だ」

バリーが言った。

飛田靖子は、うなずいた。

「いいでしょう。方法はあります。この四人でミュウに会い、彼らと会話をし、肌で彼らのことを感じてみるのです」

アキヤマとバリーは驚いた。バリーが言った。

「しかし、どうやって？」

「きょうから二、三日のうちに、ミュウの集団脱走が必ず起きるはずです。そのときがチャンスです」

アキヤマとバリーは顔を見合わせ、ハワードは、靖子を驚きの眼で見つめていた。

21

ギャルク・ランパは、ついに、男体山にいたミュウの意識を捉えた。

山を降りてから二日目のことだった。

その意識の集合体の場所を地図で確かめるわけにはいかなかった。距離の概念がないためだった。

ランパは、ひたすら、その意識の方向へ歩き続けるしかなかった。

だが、彼の気分は明るかった。歩くことはランパにとって何の苦痛でもない。実際、彼は、不眠不休で三日間も山のなかを歩き続けることすらできるのだった。

彼は、池袋にいたが、自信に満ちた足取りで、明治通りを南に向かって歩いていた。大久保通りを越え、新宿を過ぎ、さらに、原宿を通って渋谷までやってきた。二時間ほど歩き続けたに過ぎなかった。

渋谷で、しばし立ち止まり、あらためて方角を確かめた。すでに、男体山にいたミユウたちに、かなり近づいていることは明らかだった。

そして、さらに一時間あまり歩くと、彼は、自衛隊中央病院の前にやってきていた。

ギャルク・ランパは、目的の場所に着いたことを知った。

彼はあたりを見回した。すぐ近くに広い公園を見つけた。世田谷公園だった。彼は、その公園で休息を取りながら、何かが起こるのを待つことにした。

日が暮れて、月が昇った。満月だった。自衛隊中央病院の病棟が、青白い光で照らされている。

事態は、ごく静かに進行していた。

ミュウたちは監禁されているわけではない。隔離と称して、ある一区画の病室に入院させられているだけだった。

ミュウたちは、その病棟内では自由に歩き回ることができたが、不思議なことに、滅多に部屋から出て廊下を歩き回ったり、他の仲間の部屋を訪ねたりすることはしなかった。

そのため、病院職員たちは、普段は、ほとんどミュウたちに注意を払わなかった。

この夜は、違っていた。

ひとりのミュウが、まるで手洗いにでも行くような様子で部屋から出てきた。彼は、そのまま廊下を進み、人目を避けて出口を探し始めた。

しばらくたつと、別のミュウが同じことを始めた。

このようにして、実に長い時間をかけて、ミュウは病院から逃げ出したのだった。

病院の職員が気づいたときは、すでに、入院しているミュウの三分の二が病室から消え去っていた。

「男体山から保護してきたミュウがまだ残っているかどうか、至急調べろ」

土岐は、白石に命じた。

白石は、病院の職員に尋ねて、彼らがまだ残っていることを確認した。

「問題は彼らだけだ。残りの連中は、可能な限り、病院の責任で保護させろ」

白石は、その旨を病院の人間に伝えた。

「さ、やつらのあとをつけるぞ。外で待ち伏せるんだ」

土岐は東と白石に言った。

三人は、作戦室として使用していた病室をあとにした。


電話が鳴り、ジャック・バリーが取った。

話を聞くと、彼は「わかった」と言って電話を切った。

バリーは、眉をひそめ、不思議なものを見る眼差しを飛田靖子に向けた。

「どうしたんだ」

アキヤマが尋ねた。

「ミュウの脱走が始まったということだ」

靖子はまったく動じなかった。

「実香ちゃんやトオルくん――あの男体山にいたミュウたちが、どこに収容されたかわかっているのですか」

バリーは首を横に振った。

「だが、面白い情報がもうひとつある。ギャルク・ランパが自衛隊中央病院のすぐそばに姿を現したそうだ」

アキヤマが言った。

「考える必要はない。あのとき、デビル特捜のやつらは野戦服を着ていたんだ」

飛田靖子が立ち上がった。

「行きましょう。その病院へ」

「しかし――」

バリーが言った。「たとえ、彼らがその病院にいたとしても、もはや、彼らを見つけられるかどうかわからない」

靖子は自信を持って言った。

「だいじょうぶ。彼らのほうで私を見つけてくれるはずです」

バリーはハワードを見た。ハワードは肩をすぼめた。

「そう。あり得る話だな」

アキヤマがバリーに言った。

「行ってみよう。まだ間に合うはずだ」


ギャルク・ランパは、ミュウたちの意識がにわかに活発になるのを感じて、病院の敷地内に駆けつけていた。

いつもは、人間のアルファ波に似た静かな意識なのだが、今は、浮き立つような興奮に満ちているように感じられた。

病棟の角から、滑るような足取りで、白い影が現れた。入院患者用の診察着を着たままのミュウだった。男体山にいたのとは別のミュウであることがすぐにわかった。

やがて、別の角から、またひとりのミュウが現れた。女性だった。彼女も、診察着のままだった。

彼らの衣服は、病院によって手のとどかぬところへ保管されているのだった。

物陰から見守っていると、まるで散歩に出るような足取りで、ミュウが次々と姿を現した。

いつものことなのでランパは驚かなかったが、施設から脱走を試みている者としては異様な行動だった。

ミュウたちは、三人ないし四人のグループを作ると、病院の敷地から出て行こうとした。

白衣を着た病院職員と、紺色の制服を着た警備員らしい男たちが、駆けて来た。

彼らはミュウをつかまえようとしていた。

実際に何人かのミュウはたちまち捕えられ、病院に連れ戻された。

ランパは、迷ったすえに物陰から飛び出した。両手でふたりのミュウの腕をつかんで乱暴に引っぱって行こうとする警備員に、音もなく近づいた。

ランパは警備員のうしろに立ち、襟首《えりくび》をつかんだ。

警備員は驚き、振り向こうとした。そのまえに、その男の膝を後ろから蹴り降ろしていた。

警備員はミュウから手をはなし、あおむけに倒れてきた。その後頭部に膝蹴りを見舞う。警備員は、そのままぐったりと地面に倒れた。

ミュウたちは無表情だった。ランパは、彼らから目をそらした。彼らの目のまえで暴力を振るったことが、なぜか恥ずかしかった。

ランパは、次に、白衣の男に襲いかかった。

右手を左手で取って、その手首に自分の右手をあてがう。関節を逆に取りながら、九十度腰をひねった。

白衣の男は、宙に舞い、アスファルトの地面に叩きつけられた。

ふたりの警備員がランパに気づき、彼のほうに向かって来た。ランパは、彼らが充分に近づくのを待った。

彼らが手を伸ばして、ランパを取りおさえようとした。ふたりの手が触れようとする瞬間、ランパの右足が一閃《いっせん》していた。右足が宙にあるうちに、左足も蹴り出していた。

二段蹴りだった。左右の爪先は、正確にふたりの警備員の顎に命中していた。彼らは、ひとたまりもなく昏倒《こんとう》した。

ミュウたちは、その様子をじっと見ていた。

ランパはそれに気づき、手を振って「早く行け」という身振りをした。

ミュウたちがランパに背を向けて歩き出した。

さらに、警備員が二名駆けてきた。

ランパが身構えたとき、左の上腕に、焼け火箸《ひばし》を押しつけられたような熱さを感じた。ランパは、思わずうめき声をもらした。

熱さは鋭い痛みに変わった。

腕にメスが突き立っていた。

警備員は、ひるんだランパに対して容赦《ようしゃ》しなかった。警備用の鉄パイプを振り降ろした。

ランパの上体は、円を描いた。鉄パイプ製の警棒をかいくぐる。その勢いを利用して拳を突き出した。

一撃で警備員のひとりが倒れた。

ランパはメスを引き抜き、残った警備員と対峙《たいじ》した。

そのとき、男体山にいたミュウのひとりの意識をすぐ近くに感じた。


白石は、病棟の陰で東と話していた。

「見たことのない拳法ですね」

「想像はつく。南派の中国武術に近いが、インドの古代拳法の影響も見られる。おそらく、チベットの山岳拳法だろう」

「では、彼がギャルク・ランパということですね」

白石は、土岐を見た。「このままじゃ、病院の連中は全滅ですよ。かと言って銃で制圧はできない。彼は、われわれが街中で発砲したくないことを知っているでしょう」

「君が行きたいというわけかね」

「行きたかありません。あいつ、強そうですからね。でも、何とかすべきでしょう」

「よし、行きたまえ」

土岐がうなずくと、東が言った。

「待て。私が行こう。白石くんは陰からメスを投げて援護するほうがいい」

ふたりの反論を待たず東は駆けて行った。年齢にそぐわない足取りだった。


ランパは、相手が攻撃してくるのを待った。

相手は右手に棒を握り、隙《すき》を狙っている。

血がランパの左腕を伝って、地面にしたたった。ランパは、すっと肩の力を抜いた。

引き込まれるように相手は、棒を打ち込んできた。剣道の面打ちだった。

ランパの足は、真横一文字に滑り出していた。姿勢を低くして右の肘を突き出した。

肘は、完璧なカウンターとなって、相手の水月のツボに決まった。警備員は、うんとうなると、二メートル後方まで吹き飛ばされ、あおむけに倒れた。そのまま動かなかった。

ランパは、覚えのあるミュウの意識をさぐり、そちらの方向を向いた。

実香という少女が立っていた。彼女は近づいて来て、白い診察着の裾《すそ》を素早く裂き、ランパの左腕に巻きつけた。傷をしっかりとしばった。ランパは、戸惑いと感動をその眼に宿したまま、実香を見つめていた。

駆けてくる足音が聞こえた。ランパは、はっと顔を上げた。老人が近づいてくるのが見えた。ランパは、その身のこなしを一目見て、強敵であることを知った。

ランパは、実香に、離れていろと身振りで伝えた。実香はランパの指示のとおりにした。

今では、ミュウの脱走は、ほとんど終わっていた。病棟に連れ戻されたミュウも多かったが、それとほぼ同数がランパのおかげで逃亡に成功していた。

東老人が立ち止まった。わずかに腰を沈め、左手を高くかかげ、右手を水月の前に構える。両手は開いていた。形意拳《けいいけん》の最も単純な突き技『崩拳《ほんけん》』を出そうという構えだった。

前足を一歩進め、同時に後ろ足を引きつける。その瞬間に腰を切って、逆突きの形で『日字拳《にちじけん》』——空手で言う『縦拳』を叩き込む技だ。単純なだけに破壊力のある拳だ。相手が動こうとする機先を制するのだ。

東は、ランパの実力を見て、小細工は通用しないと悟り、一撃の勝負をいどんだのだ。

ランパはうかつに動けなくなっていた。

ランドクルーザーは、世田谷公園の脇を抜け、自衛隊中央病院の敷地内に滑り込んだ。

「何だか騒がしいぞ」

バリーが言った。

「別に驚くほどのことじゃない。ランパが暴れているんだろう」

アキヤマが外の闇をすかし見て言った。

「彼女が——実香ちゃんが近くにいるわ。彼女は、私に気づいたようだわ」

飛田靖子が言った。

「男体山では、ランパに借りがあったな」

バリーがアキヤマに言った。

アキヤマは無言でうなずき、ランドクルーザーの助手席から外へ出ようとした。

「私も行くわ」

靖子が言った。「実香ちゃんを連れてこなくては……」

アキヤマはもはや反対しなかった。

「なるべく人に見つからないようにしていてくれ。あんたのことまで手が回らないかもしれない」

バリーは、ハワードに尋ねた。

「運転はできるかね」

「日本では運転したことはないが、何とかなるだろう」

「運転席にすわって、いつでも車を出せるようにしておいてくれ」

バリー、アキヤマ、靖子の三人は車から降りて駆けて行った。

ややあって、パトカーのサイレンが聞こえてきた。

ギャルク・ランパは、パトカーのサイレンを聞いて奥歯を嚙みしめていた。このままじっとしているわけにはいかなくなった。

ランパは、大きく飛び込んで、前方にあった左手を力の限り突き出した。二の腕に激痛が走ったが、無視した。

相手の狙いはカウンターだ。それを許さない早い一撃が必要だったからだ。スピードの勝負になると、足技は使えない。

だが、東老人の『崩拳』はランパの予想を超えていた。

東老人の顔は、ランパの拳をすれすれですり抜けていた。強烈な『日字拳』——縦拳がランパの胸に叩き込まれる。

ランパは、後方へもんどり打って倒れた。即座に立ち上がったが、そのとき、脇にナイフで刺されるような鋭い痛みが走った。

肋骨をつないでいる軟骨に亀裂が入ったのだった。

立ち上がったとたんに、東老人が滑り込んで来た。ランパの痛めた脇に、肘をまっすぐに突き込んだ。『裡門頂肘《りもんちょうちゅう》』という技だった。

ランパは、地面に崩れ落ち、脇をおさえてもがいた。

東老人は、情容赦なく、その肋骨をさらに上から踵《かかと》で踏み降ろそうとした。

彼は、その足を降ろすまえに、反射的に身を地面に投げ出していた。くるりと受け身を取って起き上がる。

東老人が立っていたところを、巨体がすさまじい勢いで通り過ぎた。ジャック・バリーの体当たりだった。

シド・アキヤマは、ギャルク・ランパを助け起こした。

「いいんだ。放っておいてくれ」

「借りは早いうちに返す主義なんだ」

ランパがだいじょうぶと見ると、アキヤマは彼から離れて、東老人のうしろに立った。

バリーとふたりで老人を前後からはさむ形になった。

水銀灯の光を反射して飛んでくるものがあった。

アキヤマは、辛うじてそれをかわした。メスが、病棟の壁に当たって鋭い金属音を上げた。

デビル特捜の援護だと知ったアキヤマは、ためらわずVz83自動拳銃を取り出して、銃口を東に向けた。

数人の駆け足の音が聞こえた。

「警官だ、アキヤマ」

ギャルク・ランパが言った。

制服警官が、警棒とふたが閉じたままのホルスターを両手でおさえ、駆けて来るのが見えた。

アキヤマは、振り向きざまに、警官の足元に向けて一発撃った。

警官たちは、あわてて立ち止まり、建て物の陰に隠れた。

「さあ、ここまでのようだ」

バリーが言った。「逃げ出すんだ」

警官が警告を発していた。

バリーとアキヤマは、あっさりとそれを無視した。アキヤマは、東に銃を向けていた。

バリーは、実香といっしょにいる靖子を見つけ、手を引いた。

「待って、もうひとり来るの」

「ぐずぐずできんのだぞ」

アキヤマは、警官たちのほうに向かって、もう一発撃った。警官は、威嚇《いかく》射撃をようやく始めたところだった。

アキヤマは、撃つとすぐに銃口を東老人に向けた。東は諦めたように立ち尽《つ》くしていた。

「来たわ」

実香が言った。トオルという名のミュウが急ぎ足で闇のなかから現れた。

「こっちだ。急げ」

バリーが、皆を引っ張って行った。バリーはランパに肩を貸していた。アキヤマはしんがりで銃を構えていた。

22

土岐隊長は、迷わず言った。

「銃の使用を許可する。やつらを制圧しろ」

ふたりは、ニューナンブ自動拳銃を手にして、駆け出していた。

東が、それに気づき、ふたりのあとを追った。

皆が駆けて行ったあと、制服警官が建て物の陰から現れ、状況をつかめぬまま、あとを追い始めた。

バリーたちが、ランドクルーザーに向かっているのに気づいた土岐は立ち止まり、慎重に銃を構えて、撃った。

一瞬のうちに三連射していた。ランドクルーザーのタイヤが見事に撃ち抜かれていた。

警官たちが、土岐に追いついた。

彼らは、リボルバーを土岐に向けていた。

「おとなしくしろ。銃を捨てるんだ」

土岐は、これまで見せたことがないほど怒りをこめて怒鳴った。

「ばかもの。われわれは作戦行動中だ」

彼は、身分証を警官のひとりの胸に叩きつけた。


「車を捨てろ。あの公園の林のなかに逃げ込むんだ」

アキヤマが言った。

ハワードが、運転席から転がるように降りた。

ランパは、どうにかダメージから立ち直っていた。

アキヤマ、バリー、ランパの三人は、ハワード、靖子、そしてふたりのミュウを追い立てるように公園に駆け込んだ。

アキヤマは、素早く陣形を思い描いた。

林はまばらだった。そのむこうに、小高い丘があり、丘の上は小さなグラウンドになっている。

「火力はむこうが上だ」

アキヤマは、バリーとランパに言った。「まず、警官を無力化しよう。ランパは、彼らに付いて守ってくれ。俺とバリーで何とかする」

アキヤマは、バリーにうなずきかけて、靖子たちから離れた。

バリーは、手裏剣を何本か懐から取り出し、左手に持った。

アキヤマとバリーは二手に分かれた。

四人の警官が駆けてくるのが見えた。アキヤマは、木の陰から、慎重に狙って、先頭の警官の大腿部を撃ち抜いた。

続いて、となりの警官に向かって、二連射した。その警官は、右肩口を撃たれた。ふたりはまるで同時に撃たれたように見えた。被弾のショックで、飛び上がり、そして倒れた。

残った警官は、姿勢を低くして、木の陰へ飛び込み、アキヤマが発砲した場所目がけて撃ち返し始めた。

しかし、そのときにはすでに、アキヤマはその位置にはいなかった。

バリーが、警官の脇へ音もなく回り込んだ。彼は、右手で手裏剣を構えた。

敷島は、黒崎危機管理室長から呼び出され、即座に駆けつけた。

敷島の顔を見るなり、黒崎は言った。

「たった今、外務省を通じて、国連から異例の通達があった。すべての政府は、すみやかに、ミュウ・ハンターとデビル特捜の戦いを終結させるべく、全力で努力するようにとのことだ。国連は今回のミュウに関する措置に終結宣言を出した。今後は、すべて医療専門機関の手にゆだねられることになる」

「実質的に、ミュウ・ハンターは、廃業ということですか」

「そう。そして、すべてのデビル特捜もだ。今後、ミュウ・ハンターについては、司法機関の領分となる」

敷島は、曖昧《あいまい》にうなずいた。

黒崎が言った。

「危機管理というのは、過渡期をどう乗り切るかにかかっているのだよ。防疫部隊は過渡期の存在だったんだ。君は、乗り切ってくれたのだ。すみやかに、作戦を中止させる手段はあるのかね」

「あります」

敷島は、辛うじて平常な口調を保っていた。

「緊急の作戦中止命令を伝える装置を、指揮者が携帯しています」

黒崎は疲れたように体を椅子にあずけると、うなずいた。

「すぐに手を打ちたまえ」


バリーの手を離れた手裏剣は、一直線に、警官の脇腹へ飛んだ。警官は、理由がわからぬ突然の痛みに驚きの悲鳴を上げた。

さらに、もうひとりの警官の腕にも、手裏剣が刺さった。

彼らは一瞬恐慌をきたした。

そこへまったく予期せぬ場所からアキヤマが飛び出してきた。アキヤマは、うろたえている警官のひとりを、蹴りの一撃で倒し、驚いて振り向いた残りのひとりの頭を両手でつかんだ。頭を引き落とし、膝を叩き込む。

警官はぐにゃりと体の力を抜き、地面に崩れた。

バリーが近づいて来て、すべてのリボルバーを取り上げた。

まったくあっけなかった。しかし、その点が問題なのにアキヤマは気づいた。

「ヘマをやっちまったようだ、バリー」

アキヤマが言った。

「そのとおり」

英語でそう言いながら、ニューナンブ自動拳銃を構えた白石が現れた。

バリーが、手裏剣を投げようとしたとき、別の方向から、声がした。

「武器をすべて捨てろ」

東が、白石同様に拳銃を構えて現れた。

最後に土岐が出て来た。

アキヤマとバリーは、三方から銃口を向けられていた。ふたりは、言われたとおりに武器を捨てるしかなかった。

アキヤマは、土岐の顔を見た。暗かったが、公園内の何カ所かに立つ水銀灯のおかげでどうにか表情を見ることができた。

土岐の表情には、驚いたことに、旧友に会ったような感動のようなものが見られた。

土岐は言った。

「われわれは、これからすぐに君たちを処刑しなければならない。何か言うことはあるかね」

アキヤマはバリーと顔を見合わせてからはっきりと言った。

「ない」

「では、こちらから一言、言っておこう。たいへん短い間ではあったが、われわれは本当の戦いをした。そうは思わないか？」

アキヤマは、しばらく考えてから言った。

「そう。誰が戦わせたか、ということは、俺たちには関係ない。俺たちは全力で戦った」

土岐はうなずいた。

彼は、片手で拳銃を目の高さまでかかげ、アキヤマの頭を狙った。

白石と東が、土岐の両脇にやってきた。東がバリーを狙った。

アキヤマは、恐怖を感じていなかった。待ち望んでいたときが来たような安堵《あんど》感を覚えたとさえ言ってよかった。

土岐がトリガーに指をかけたとき、彼のポケットから、けたたましい電子音が鳴り響いた。服の生地を通して、赤いランプが点滅しているのが見える。

土岐が、心からほっとしたように目を閉じた。土岐以外の全員は、何が起きたかわからなかった。

土岐は、銃を降ろし、なおかつ安全装置をかけた。

「何です？」

白石が日本語で聞いた。

土岐は、その場にいる全員にわかるように英語で言った。

「緊急の作戦中止命令だ」

その場は、驚きにつつまれた。さすがのアキヤマも、対処する方法が思い浮かばず、立ち尽くしているだけだった。

「どんな状況でも、すみやかに作戦行動を中止して撤退しなければならない」

土岐は銃をしまった。「撤退だ。急げ」

白石と東は、言われるままに公園の出口に向かった。

土岐は、アキヤマの顔を見て、何か言いたげにしていたが、何も口に出さぬまま、背を向けて、走り去った。

「どういうことだ？」

バリーがアキヤマに訊いた。

「わかるものか。おそらく、地獄の定員がいっぱいなんだ」

再び、パトカーのサイレンが聞こえてきた。今度は、一台ではなかった。

「さ、今度囲まれたら絶対に助からない。逃げるんだ、バリー」

「逃げおおせると思うか？」

アキヤマは、実に久しぶりに笑顔を見せた。

「やれるさ、バリー。簡単なことだ」


夜のうちに、アキヤマ、バリー、ランパ、飛田靖子、ハワード、そしてふたりのミユウは、死力を尽くして歩き続けた。

進む方角は、ふたりのミユウが決めた。

彼らは、徹底的に人目を避ける必要があった。幸い、世田谷の住宅地から、多摩方面へ向かったので、まったく繁華街を通らずにすんだ。

夜が明けるころには、八王子市郊外の山のなかに入っていた。

山に入ってからは、充分に休息を取りながら進んだ。

アキヤマ、バリー、そしてランパは、すぐれたサバイバリストでもあった。彼らは、巧みに食料となるものを自然のなかから手に入れてきた。

山梨県との県境に達したころ日が暮れた。

彼らは、野営の準備をした。

火を囲み、初めて落ち着いて話せる時間がやってきた。

「やはり、テレパシーではないのか」

ハワードが切り出した。「あのとき、ドクターは、姿も見えないのに、彼女が近くにいることがわかったのだ」

「テレパシーというのがどういうものかは知りません」

トオルが静かに話し始めて、一同は注目した。「でも、そういうものとは違うと思います。僕たちは、具体的なメッセージを伝えることはできないのです。ちょうど、まだ目の開かない赤ん坊が母親を識別するように、心を通わせることができるのです」

「では、どうして、同時に世界中で脱走が始まるのだね」

「何かわからない、強い力に導かれるように感じるのです」

実香がこたえた。「そうすると、私たちは、こみあげるような生命の喜びに、いても立ってもいられないくらいになるのです」

トオルが補足した。

「世界中の僕たちの仲間が、ある限られた時期にいっせいに収容施設を脱出するというのは、きっと、みんなが、同じ力を感じているせいだと思います。それは、個人の意志が働きかけたというようなスケールではないのです。もっと時間的にも、空間的にも大きな大きな力なのです」

　アキヤマ、バリー、ランパは日本語をよく理解できないので、ハワードは、いちいち通訳をしなければならなかった。

　トオルの言葉を、彼らに伝えると、ハワードは靖子のほうを向いて、言った。

「あなたは、その力が何であるか知ってるようだね。ミュウの脱走を予言したんだ」

　靖子はうなずいた。

「月齢です」

「月齢……」

　ハワードは日本語で言いさらに、英語でつぶやいた。

　ランパはうなずいた。

「それは私も気づいていた。ミュウの脱走は、満月と新月の日に起こることが多い」

「もっと正確に言いましょう」

　靖子は英語に切り替えた。「問題は潮の満ち引きです。このデータは簡単に、検証できるはずです。ミュウたちは、新月と満月のとき、つまり、大潮のときに集団脱走をするのです。それも、大潮の引き潮のときに……」

　ハワードは、靖子を見つめた。

「その言葉は、またしても、ひとつの概念を思い起こさせますな。つまり、進化です。原始の海から、生物は陸へ進出した。そのきっかけは、大潮の引き潮だったはずです。そして、それは生命の故郷からの旅立ちであり、大きな進化の第一歩だったはずです」

「そう。しかし、それがミュウに対する誤解のひとつなのです。生命はすべて、月齢の影響を受けるのです。それは、遠い先祖の記憶にほかなりません。私たちもそうなのです。ただ、私たちの感覚はひどく鈍化していてそれを意識することは滅多にありません。しかし、ミュウは、自然界のあらゆることに敏感なのです。ただ、それだけのことなのです」

ハワードは、難しい顔をして考えていた。やがて、彼は、再び日本語で、ふたりのミュウに尋ねた。

「君たちの多くは、目や耳が不自由だと聞いている。にもかかわらず、われわれとまったく変わらずに、時にはそれ以上に行動することができる。どうしてだね」

「なぜかはわかりません」

実香がこたえた。「でも、まわりの様子がわかるのです」

靖子が言った。

「おそらく、彼らの額にあるこぶのようなもののせいでしょう。あれはただのこぶではありません。一種の感覚器に相当する細胞の集まりなのです」

「教えてくれないか」

ハワードはミュウのふたりに言った。「君たちには、世界がどのように見えているのだ」

トオルがこたえた。

「夢を見ているときの感じを思い出してみてください。あなたは、眠っているのだから、目を閉じています。でも、ものが見えるでしょう。あなたが、夢を見ているときは、耳から入ってくるのとは別の音を聞いているはずです。僕たちは、ちょうどあのように、頭のなかに情景や音を映し出しているのです」

実香がくすくすと笑いながら言った。

「わかってもらえないでしょうけど、私たちは、三百六十度の風景を同時に感じることができるのです」

ハワードは驚き、その気持ちを分かち合うべく、それまでの会話を、アキヤマ、バリー、ランパに通訳した。

三人のなかで、ランパだけが驚かなかった。

「第三の眼だ」

彼は言った。「ラマ教や、古代インドの原始仏教では、当たりまえのことだった。それを得るために修行し、また、実際にそれを手に入れた高僧は少なくない」

「もうひとつ、どうしてもわからないことがある」

アキヤマは言った。「どうして、彼らは山へ向かうんだ?」

ハワードは、そのまま尋ねた。

トオルがこたえた。

「土地に呼ばれるのです。日光に、自然に十二人もの仲間が集まったのはそのせいです」

「土地に呼ばれる? 今はどこへ行こうとしているのだろう?」

「最も強く僕たちを呼んでいる土地です。富士山なのです」

ハワードが通訳した。

アキヤマはランパに言った。

「これも、あんたにとっては、当然だというのだろうな。バリーが言っていた。山というのは精霊が宿るのだそうだな」

「そのとおりだ」

ハワードは英語で靖子に言った。

「これまでの話を聞くと、ミュウは、やはりわれわれより進化した人間と言わざるを得ないようですな」

「進化とは言い切れません。私たちとは別の世界に生きているというだけです」

それから、ふたりは、しばし議論を続けた。それに終止符を打ったのは、ギャルク・ランパの言葉だった。

「進化と呼ぶのならそれもかまわない。しかし、遠い過去からミュウのような存在はいたのだ。それを私は知っている。彼らは、ブッダでありキリストであり、そして、多くの高僧、聖者だったのだよ」

23

二日後、五人はミュウたちに導かれ、富士山麓の青木ケ原の樹海にたどり着いた。

そこにたたずんでいると、樹海の奥のほうから数人のミュウが現れて、アキヤマたちを驚かせた。

「ここでお別れです」

トオルは言った。「ここから先へは、普通の人間は入って行けません」

飛田靖子とバリーはそのことをよく知っていた。

「皆さんには、心から感謝しています。僕たちは、普通の人々とは一切干渉せずに生きていこうと考えています」

樹海のなかから現れたミュウたちが、ふたりを誘《いざな》った。

トオルと実香は、それに従った。

彼らは一度振り向き、ほほえみ、やがて、樹海のなかに消えていった。

アキヤマは、かつて人類の旅立ちもこのようなものではなかったかと思いながら、彼らの姿が見えなくなるまで立っていた。

「さて、これからどうするかだ」

バリーが言った。

「われわれがどういう身分になっているのか知る必要があるな」

アキヤマは言った。「いずれにしろ、東京に戻らねばならない」

「私はここにしばらくとどまろうと思う」

ランパが言った。「ミュウを、この森の外から見守っていたい」

「好きにするさ」

バリーは言った。

アキヤマ、バリー、ハワード、そして靖子は、東京へ戻る方法を検討し、靖子がレンタカーを借りることにした。

特別防疫部隊は、即座に解体されていた。土岐政彦は自衛隊に戻り、東老人は年金生活を始めた。白石は、小さな名もない病院の外科担当として雇われた。その後、三人が顔を合わせることはなかった。

バリーは、東京にもどってみて、自分たちを巡る状況の変化に驚いていた。ミュウ・ハンターの雇い主は、まったくいなくなっていた。彼らは、あっという間に失業したのだった。

飛田靖子とハワードは、ＨＩＶワクチン誕生のニュースを複雑な思いで聞いていた。その後、飛田靖子を訪ねる政府関係者および公安担当者はひとりもいなかった。その代わりに、彼女を雇い入れる研究施設も皆無だった。彼女は社会の第一線から放り出されたのだった。

ハワード、アキヤマ、そしてバリーは、それぞれ別々の国に旅立って行った。

別れの前夜、バリーはアキヤマに言った。

「また、どこかの戦場で出会うことになるかもしれないな」

しかし、彼らはそれ以来、二度と会うことはなかった。

一年後、ハワードは、ミュウに関する著書を刊行したが、ほとんど世論に顧《かえり》みられることはなかった。

ハワードは、カリフォルニア州ロサンゼルス郊外の自宅で、ぼんやりと窓の外を眺めて暮らす日が多くなった。

彼はあるとき、こうつぶやいている自分に気がついた。

「人類は、進化にまで戦いをいどんだのだ。勝利か敗北か——それはまだ、誰にもわからない」

本書は２００９年11月に刊行された徳間文庫の新装版です。
なお本作品はフィクションであり実在の個人・団体などとは一切関係がありません。

本書のコピー、スキャン、デジタル化等の無断複製は著作権法上での例外を除き禁じられています。本書を代行業者等の第三者に依頼してスキャンやデジタル化することは、たとえ個人や家庭内での利用であっても著作権法上一切認められておりません。

徳 間 文 庫

最後《さいご》の封印《ふういん》

〈新装版〉

© Bin Konno 2022

2022年10月15日 初刷

著者 今《こん》野《の》敏《びん》

発行者 小宮英行

発行所 株式会社 徳間書店

東京都品川区上大崎三―一―一 目黒セントラルスクエア 〒141―8202

電話 編集〇三(五四〇三)四三四九 販売〇四九(二九三)五五二一

振替 〇〇一四〇―〇―四四三九二

印刷 製本 大日本印刷株式会社

ISBN978-4-19-894791-0 (乱丁、落丁本はお取りかえいたします)

徳間文庫の好評既刊

今野 敏
歌舞伎町特別診療所
38口径の告発

歌舞伎町近くの路地にある診療所に銃で撃たれた中国人が運び込まれた。「犯人は、警官だ」外科医の犬養《いぬかい》が治療を終えると、男は謎の言葉を残して消えた。そこへ元暴力団員の赤城《あかぎ》が訪れた。摘出した銃弾の引き渡し要求をはねつけた犬養だが、さらに新宿署捜査四係の刑事・金森《かなもり》も銃弾を引き渡すよう要求。金森が事件現場で不審な行動を取っていたと赤城から聞いた犬養は彼に不信感を抱く。

徳間文庫の好評既刊

今野 敏

歌舞伎町特別診療所

闇の争覇

深夜の歌舞伎町。顔面の皮がよじれ、原型をとどめない惨殺死体が三つ発見された。上《シャン》海《ハイ》クラブを襲ったイラン人たちが、謎の大男に素手で叩き殺されたのだ。男は広《カン》東《トン》訛りの北《ペ》京《キン》語を喋っていたという。新宿署刑事捜査課一係の松《まつ》崎《ざき》は事件後に男が訪ねた外科医・犬《いぬ》養《かい》に手がかりを求める。報復が繰り返され、闇組織の抗争が激化する中、帰宅途中の犬養は例の大男に待ち伏せされ……。

徳間文庫の好評既刊

今野敏

逆風の街

横浜みなとみらい署暴力犯係

　神奈川県警みなとみらい署暴力犯係係長の諸《もろ》橋《はし》は「ハマの用心棒」と呼ばれ、暴力団には脅威の存在だ。印刷工場がサラ金に追い込みをかけられていると聞き、動き出す諸橋班。背景に井田という男が浮上するが、正体が摑めない。そこに井田が殺されたという報せが。井田は潜入捜査官で、暴力団の須賀坂組に潜入中だったらしい。潮の匂いを血で汚す奴は許さない！　諸橋班が港ヨコハマを駆ける！

徳間文庫の好評既刊

今野 敏

禁 断

横浜みなとみらい署暴対係

横浜・元町で大学生がヘロイン中毒死した。暴力団・田家川《たけがわ》組が事件に関与していると睨んだ神奈川県警みなとみらい署暴対係警部・諸橋は、ラテン系の陽気な相棒・城島《ジョー》と事務所を訪ねる。ハマの用心棒——両親を抗争の巻き添えで失い、暴力団に対して深い憎悪を抱く諸橋のあだ名だ。事件を追っていた新聞記者、さらには田家川組の構成員まで本牧埠《ほんもくふ》頭《とう》で殺害され、事件は急展開を見せる。

徳間文庫の好評既刊

今野 敏

防波堤

横浜みなとみらい署暴対係

暴力団「神風会《しんぷうかい》」組員の岩倉《いわくら》が神奈川県警加賀町《かがちょう》署に身柄を拘束された。威力業務妨害と傷害罪。商店街の人間に脅しをかけたという。組長の神野《じんの》は昔気質《かたぎ》のやくざで、素人に手を出すはずがない。「ハマの用心棒」と呼ばれ、暴力団から恐れられているみなとみらい署暴対係長諸橋《もろはし》は、陽気なラテン系の相棒城《じょう》島《じま》とともに岩倉の取り調べに向かうが、岩倉は黙秘をつらぬく。好評警察小説シリーズ。

徳間文庫の好評既刊

今野 敏

臥 龍

横浜みなとみらい署暴対係

みなとみらい署暴対係係長諸橋《もろはし》と相棒の城《じょう》島《じま》は、居酒屋で暴れた半グレたちを検挙する。彼らは東京を縄張りにする「ダークドラゴン」と呼ばれる中国系のグループだった。翌々日、関東進出を目論《もくろ》む関西系の組長が管内で射殺される。横浜での抗争が懸念される中、捜査一課があげた容疑者は諸橋たちの顔なじみだった。捜査一課の短絡的な見立てにまったく納得できない「ハマの用心棒」たちは——。

徳間文庫の好評既刊

今野 敏

スクエア

横浜みなとみらい署暴対係

神奈川県警みなとみらい署暴対係係長・諸《もろ》橋《はし》夏《なつ》男《お》。人呼んで「ハマの用心棒」を監察官の笹《ささ》本《もと》が訪ねてきた。県警本部長が諸橋と相棒の城《じょう》島《じま》に直々に会いたいという。横浜山《やま》手《て》の廃屋で発見された中国人の遺体は、三年前に消息を断った中華街の資産家らしい。事件は暴力団の関与が疑われる。本部長の用件は、所《しょ》轄《かつ》外《がい》への捜査協力要請だった。諸橋ら捜査員たちの活躍を描く大人気シリーズ最新刊！